CHINA MANUFACTURING

中国制造

使命分担构筑中国制造软实力

陈晓贫 李霞 著

MISSION SHARING SYSTEM
TO BUILD SOFT POWER
OF CHINA MANUFACTURING INDUSTRY

电子工业出版社·
Publishing House of Electronics Industry
北京·BEIJING

<h1 style="text-align:center">内 容 简 介</h1>

本书结合后工业化和信息时代发展趋势，为转型的中国制造企业，提供基于战略制高点的管理思想、方法和制胜密码，一起探求如何构筑中国制造软实力。

本书共六章，第一章分析了转型时代中国制造面临的危机；第二章思考中国制造转型前的回归之路；第三章剖析中国制造成功转型需要舍弃的包袱和障碍；第四章一起探求和发现成功转型与持续发展的各种"势"及红利；第五章探索中国制造企业顺势而为、制胜的方法，提出构建中国制造软实力的十大密码，思考"使命分担制"对于中国企业的独特价值，思考中国企业全球商业领导力的构建路径；第六章探索中国制造企业的基业传承之道，构建持续的软实力。

本书适合制造业经营管理者和从业人士，也可以作为金融与投资业人士、制造业研究学者、政府工业规划与管理人士的参考，还可作为理工类与管理类大学师生的参考读物。

图书在版编目（CIP）数据

中国制造：使命分担构筑中国制造软实力/陈晓贫，李霞著. —北京：电子工业出版社，2017.6

ISBN 978-7-121-31444-5

Ⅰ. ①中… Ⅱ. ①陈… ②李… Ⅲ. ①制造工业－研究－中国 Ⅳ. ①F426.4

中国版本图书馆 CIP 数据核字（2017）第 078273 号

策划编辑：张　楠
责任编辑：苏颖杰
印　　刷：涿州市京南印刷厂
装　　订：涿州市京南印刷厂
出版发行：电子工业出版社
　　　　　北京市海淀区万寿路 173 信箱　邮编　100036
开　　本：880×1 230　1/32　印张：8.5　字数：182 千字
版　　次：2017 年 6 月第 1 版
印　　次：2017 年 6 月第 1 次印刷
定　　价：49.00 元

序

金融、地产、文化、互联网、大健康、智慧城市……诗歌与远方在大地上流淌，情怀与星光在天空里闪烁，当此之时，中国制造，一如既往地深沉、低调。

许多中国人通过渠道"海淘"、"代购"国外产品的时候，中国宁波的方太电器，正为全世界生产上等的厨房灶具、油烟机、洗碗机、消毒柜等产品，凭借自身厨电产品的品牌优势获得溢价，同类产品的销售价格可以高于德国西门子10%～15%。而领军的年轻企业家茅忠群，没有担任任何社会、政府的职务，也极少出来应酬与演讲，致力于结合中华传统与西方优秀文化在企业的践行，提倡日行一善。

许多做投资的朋友，在投中国制造业的时候都极其谨慎，相比他们对互联网的豪赌，真是冰火两重天。

当一些人唱空中国制造的时候，有谁知道，中国投资界、制造界的最大奇迹，就在制造业。华为电气，我曾工作过的地方，从2200多人里走出来的100多位创业者，在2006年到2016年的11年中，已经缔造了12家上市公司，几乎清一色的制造企业。而华为电气所在的深圳市，则拥有346家上市公司，其中大部分属于制造业。在深圳的未上市制造业公司里，还有许多"隐形冠军"，已经悄然领先于世界。

殊不知，中国制造已如黄河之水、长江之涛，正在万里入海处把中国推向全球，写意时空。

这是一个制造业群体性崛起的时代！制造业于我有不解之缘，有哺育之恩，最好的回馈，正是执子之手，共看制造，共同研究，互相分享。

制造业，博大精深，从商业模式到资本运作，从研发到生产，从技术到商业，从个人到组织，从法律到文化，从传统时代到互联网，只有更多视角、更多方位地审视，才能避免盲人摸象。

在研究和学习的过程中，我们可以发现，从工业技术、智能制造的角度出发的居多，对具体成本的讨论居多，经济管理方面的反思则相对少一些。

我们深感尤其需要从经济和管理的角度思考中国制造，特别是方法论层面的探索，从而更好地帮助企业发现成功因素、改善利润和控制风险。本书由我和李霞（北方工业大学，京京网盈咨询顾问）一起完成，侧重方法论的提炼，力求提供一个独立的、第三方的民间视角。限于水平，我们对制造业的理解还十分肤浅，对企业的认识也是管中窥豹。但我们有真实的感受，把它写下来奉献给读者，如果有所启发，就是对我们最大的鼓励。两年艰辛，是家人和朋友们给了我们无私的支持、指导和帮助，有的朋友甚至不远万里、不顾中美时差，与我们讨论。电子工业出版社的领导和张楠编辑也给予很多指导。没有这样巨大的帮助，本书是不可能完成的。

感谢母亲和家人；感谢恩师和老同学；感谢一帮人到中年、胡子拉碴的好友们。

感谢柯睿女士（对外经贸大学，青怡资本）、黄刚先生（上海交通大学，汉森农特）、杜非先生（华中科大，百诚源科技）、李祎女士（清华大学，纽约众方资本）、潘颜凯先生（蓝十字咨询）、叶炯贤博士（中山医科，同佳健康集团）、黄辉博导（大连理工大学）、但正刚博士（清华大学）、张卫华博士（北京大学）、鲁贤忠先生（上海交通大学）、吉庆新女士（南京理工大学）、孙伟宏先生（沈阳航空，云下汇金）、伍淑怡女士（广东省国资委）、黎泳芳女士（中山市政府）、何胜强先生（中山市政府）、方志梅教授（宁波大学）、王淑玲女士（国家电网）、刘桂铭女士（中融新大）、周珊女士（海信电器）、黄庆伟先生（万置资本）、胡海波先生（中银基金）、廖鸣镝先生（广州设计院，弱电智能化）、肖传惠先生（厦门大学，厦门日报）、蒋琰教授（南京财经大学）、张莉芳副教授（南京财经大学）、汤胤副教授（暨南大学）、王珊（吉林大学）、李敏（上海财经大学）。

感谢中山大学岭南学院、南京财经大学会计学院，感谢深圳市、浙江省、青岛市、重庆市、福建省的企业界朋友们。

陈晓贫

目 录

116 第四章

顺　势

161 | 第五章

制 胜

渐行渐远的外资制造

1995 年，当我从南京经济学院（现南京财经大学）毕业的时候，整个中国经济正处在高速发展通道中。

外贸企业和外资企业正是无限风光；房地产行业还不太显山露水，印象中南京市中心新街口的房价也就每平方米 600～1200 元；南京的本土制造业和全国其他地区一样，正处于蓬勃发展当中；民营企业在南京的整个制造业格局中小荷才露尖尖角；国企还存在许多困难；有的老企业（像曙光、晨光）已经开始出现下滑信号；江南-小野田水泥厂、南京梅山钢铁公司都在快速发展，新闻和招聘广告经常登上《南京日报》和《扬子晚报》。

南京当时还没有地铁，火车站和中央门汽车站隔些日子就改造；没有高铁和动车，绿皮火车还是主流；沪宁高速刚刚开通，市政府还特意安排老百姓去中山门到孝陵卫一带参观，看互通式公路的雄姿，人们可以到上面走一走，新闻连续几天报道快鹿公司的航空级服务；互联网对人们来说，是令人惊奇的虚拟世界，有些遥不可及，普遍的网速是 14.4Kbps。

毕业前，高波老师（南京大学）给我们介绍了他的书，讲工业化和城市化的，大概是讲工业化是城市化的必由阶段和基础，而城市化是现代化的基础，随着工业化和城市化的发展，房地产和金融业等会迎来非常巨大的发展，存在巨大的职业机会和投资机会。当时他也没想到后来房地产和金融会发展到如今的程度，并且反过来影响甚至左右工业化的进程。

那时候，大部分人口袋里没闲钱，没人花大心思琢磨房地产的事情，也没什么投资意识。对于大学毕业生头几年的储蓄，印象里没有什么人先知先觉地投到房地产。老师是提醒过的啊，有点"不听老师话，吃亏二十年"的意味。

不过，我也因此和许多人一样，幸运地进入了制造业。二十多年来，先后加入了飞利浦和华为两家制造业大公司，有机会跟随制造业的发展，感受中国最强劲的历史脉搏，接触到一大批实干、低调和真正有情怀的人。

南京市是中国收音机、电视机、雷达等无线电工业的发祥地。20世纪90年代中期，彩电行业是热门行业，以熊猫电子集团为龙头，包括显像管、电子网板、高频元器件、主机板等企业，南京已经建立了相当完整的电视机产业链。荷兰飞利浦公司就在这时进入了南京，与华东电子集团合资，成立了合资公司。

南京华飞彩色显示系统有限公司成立于1988年4月30日，是国家"七五"期间重点建设的四大彩色显像管生产基地之一，是当时江苏省最大的中外合资企业，投资总额为6.91亿美元，厂区面积为336 000平方米。公司引进外方一流的彩色阴极显像管成套生产设备，采用滚动引进方式不断导入最新的制造技术和生产工艺，生产、销售高品质彩色显像管及其配套零组件。公司主要产品（21英寸、25英寸、28英寸、29英寸、32英寸、34英寸）深受国内外用户（长虹、康佳、创维、TCL、海信等）青睐，曾是LG、PHILIPS公司全球最大的显示器件生产基地。

公司曾获"中国企业500强"、"中国最大的500家外商投资企业"、"中国进出口额最大的 500 家企业"等荣誉。

（以上资料来源：百度百科"华飞彩色显示系统有限公司"。）

我们这群毕业生大约 50 多人，除了学市场营销、建筑工程和财务管理的 3 个，其他都是纯正的工科，学机械的、计算机的、热力学的、铸造的、化学的、动力的、电子的……分别来自上海交通大学、复旦大学、南京大学、东南大学、南京理工大学、华中理工大学、杭州电子工程学院和南京化工大学，被两辆大卡车连人带行李一块儿拉到了华飞，从此与制造业结下了不解之缘。

飞利浦公司将外国实习生和我们混在一起，指派了专门的教练。受益于飞利浦的内部培训体系，大家白天在一起学习理论、研讨、演练、演讲，去车间实操，晚上回宿舍就学英语、看球赛、打坦克大战和魂斗罗（古董级游戏，需要插卡）、斗地主，有空了就去附近的南京汽车制造厂、扬子石化公司、南京邮电通信设备厂串门。几个月下来，总算是入了外资工厂的门。

当时华飞算是先进制造企业，采用的是飞利浦公司的核心技术，每年要按销售额的一定比例支付技术提成费给飞利浦公司，在财务报表上称为 Royalty Fees；整个工厂已经自动化流水作业，layout 是精心设计的，设备位置、人流、物流、车流都考虑得十分周全，时间和位置精准匹配；在一些关键工序已经使用了工业机器人；电子枪制造工序使用了微米级的激光焊接；核心机房和 220 千伏供电站采用了可在 0.1 秒内响应的计算机自动控制灭火系统。

华飞在江苏省率先推行 ISO9000 和 14000 质量体系认证。经营管理方面，除了董事会机制和总经理负责制外，实际上是照搬了荷兰飞利浦公司的管理制度，在事业部管理、制度建设、人才激励、财务管理、内部控制、流程化、标准化等工作上都十分成熟，比较有特色的是飞利浦独有的 O&E 部门，即组织与效率处（类似工业工程，因涉及整个公司组织和人的效率，又有所不同）。

华飞部署了先进企业局域网，应用了早期的 MRP 系统（基于 MRP 发展出 MRP ii，然后是大家熟悉的 ERP），后台使用 IBM AS300 小型机，一些支持部门则自己用 FOXBASE 开发数据库应用软件，办公计算机主要还是 286 和 386，相比同期南京市的国有企业，特别是华飞的老东家——华东电子集团，十分先进。

就彩色显像管企业来说，除了华飞之外，当时还有北京松下、咸阳 4400 厂、深圳赛格、福建中华映管等，基本是外资企业的天下。

中国的彩电工业发展很快，但是因为彩色显像管在合资企业手里，所以彩电的核心技术实际上仍然控制在外资手中。华东电子和飞利浦搞了很多投资项目，吸收消化最好、最拿得出手的仍然是自己基础最好的日光灯照明技术。同行 TCL 曾经尝试通过收购汤姆逊电子来获得核心等离子背投技术，也未能达到初衷。中国彩电工业和显示技术工业掌握自己的核心技术，是多年以后液晶平板时代的事情。特别是在王东升率领下，京东方让中国告别了"缺芯少屏"，成为全球领先的显示技术输出国。

　　20多年过去了，岁月沧桑，只有彩虹集团（原咸阳4400厂）仍在从事相关产业，特别是电子玻璃基板的生产，华飞原来巨大而整齐的厂房早已消失得无影无踪，拔地而起的是一幢幢高耸的现代住宅楼。我离开华飞到深圳的时候，赛格日立工厂还在，但它后来的命运和华飞几乎一样——关闭了工厂，原址上盖起了高楼。

　　在激烈的市场竞争里，整个江苏省的彩电和家电工业都未能发展壮大成国内一线品牌，但中国的彩电工业和家电工业，在美的、海尔、格力、创维、TCL的领军下，已然昂首阔步地进入了世界第一阵营。

　　从今天的视角，我们认为飞利浦当年投资中国，从商业角度来说收获了巨大的成功，这基于三点理由，或者说是考虑了三项红利：一是中国庞大的市场；二是中国廉价的劳动力；三是中国的招商引资优惠（特别是便宜的土地）。飞利浦非常完美地实现了它的商业目标，一度以相当大的占有率统治着中国的电视机市场（主要通过苏州飞利浦），获得了巨额的经营利润、技术提成费和转移定价利润，以及高达数十亿元的土地增值收益。

　　就技术来说，飞利浦后来把公司分次卖给了LG和夏普公司，而且整个玻璃显像管技术（包括彩色与黑白显像管、显示器TVT和监视器CMT）都被时代淘汰，中方并没有得到太多高价值的先进技术。但飞利浦的确给中国的彩电工业带来了先进的制造、管理技术和国际化视野，也培养了一大批优秀的管理人才，促进了行业的发展进步。这是飞利浦一直在以商业和法律的方法，不断"教育"中国企业要注重知识产权保护。

但飞利浦也和索尼、东芝、松下、西门子、LG 等公司一样，尽管费尽周折，最终还是挡不住中国本土家电军团的崛起。原因很简单，家电这种科技含量和附加值不太高的工业产品，根本挡不住中国制造低成本的优势进攻。

2016 年，飞利浦手机彻底退出中国，关闭了在深圳南山科技园的桑菲公司。

飞利浦的另一款当家产品——剃须刀，相比于彩色电视机，很好地守住了市场，核心原因在于中国在剃须刀用特种钢材以及精密电动机上一直未能建立起足够的技术优势，在成本优势不能抵消技术优势的情况下，消费者依然钟爱飞利浦品牌（我相信随着中国制造的继续进步，剃须刀行业被中国企业赶超只是时间问题。）

彩电工业只是中国制造发展的一个缩影，飞利浦在中国由强变弱的过程，折射出时代的巨大变迁。

中国制造业的发展，有多种成功路径。有的行业通过代工、贸易或资本运作，快速做大；有的行业通过市场换技术取得发展；有的行业在政府产业政策指导下，依靠密集资本投资闯进高端制造；有的行业依靠自主创新和市场竞争走向巅峰。

遗憾的是，恰如彩电行业一样，尽管中国制造业已经高速发展 30 多年，规模最大，行业最为齐全，从业人数最多，具备了一定的硬实力；但中国制造业在核心技术、关键材料、科技创新、产品创新、价值获取、利润创造、跨文化等方面仍然还处于相对落后的状态。

尤其令人遗憾的是，作为世界工业大国，经历了世界上最曲折的工业化磨难和发展，也创造了人类最伟大的工业化奇迹，我们的制造业仍然一直未能从管理思想和工业标准层面，输出引领世界的管理思想、方法论和制造标准。相比于日本、美国和欧洲，从科学管理到 TQM 再到 JIT，从全面质量认证管理体系到各种制造业标准，从 BLM 到 IPD，它们的制造业的成长之路，也伴随着各种思想的提炼、进步与传播，构成了软实力（国家电网、华为、海尔曾经做过尝试，局部有所成功。）

随着中国进入后工业时代，成为世界工业大国，国家审时度势，高瞻远瞩，发布了《中国制造 2025》工业发展计划，旨在进一步做大做强中国制造，推动中国的又一次工业革命。

这一次，在世界工业化的发展进程里，我们第一次有了自主选择权。恰如习近平主席所说："世界经济的大海，你要还是不要，都在那儿，是回避不了的。"第四次工业革命是财富，你来与不来，财富都在那里；我们要获取更大财富，不仅从物质财富上，而且从精神财富上，引领世界。

第一章

危机

第一节 信心最重要

2016 年，中国企业跨境并购交易额达到 2210 亿美元，在超过 10 亿美元的并购中，民营企业占到了 60%，其中，海尔收购 GE 家电、美的收购库卡，标志着中国企业的海外并购开始由资源型 向品牌型转变，并开始启动基于品牌收购的技术大提升。[1]

大规模的并购，体现的是中国企业整体对未来的信心。

亚布力论坛发布的《中国企业家发展信心指数（2016 年下半 年）》显示，2016 年以来，企业家发展信心指数反弹，前所未有地 关注新技术，对"转型"和"升级"充满信心。

钟玉，1950 年生，曾任原航空工业部曙光电机厂研究所副所 长，1988 年下海，到中关村创业，是中关村第一批企业家。经过 近 30 年的奋斗，他创办的康得新公司在新材料领域不断创新。"记 者问我觉得经济下行有什么压力，我觉得没有什么压力，要干的 事儿多了去了，有无限的发展空间。"他十分乐观。

康德新最早做预涂膜，用于包装领域，中国当时做不了，康

---

[1] 数据来源：普华永道，2016 年中国企业并购市场回顾与 2017 年展望，2017 年 1 月 12 日。

得新突破后，其产品最终出口到 88 个国家。接着做光学膜，该领域产品一直被美国、日本、韩国、中国台湾地区的企业垄断，如果发生封锁，中国大陆的显示屏工厂就会停产。康得新从低成本竞争、中低端起步，然后逐渐追赶，最后跟 LG、三星、苹果实现了同步开发。汽车隔热窗膜过去一直被 3M、圣戈班、伊士曼垄断，康得新的产品 2016 年已占中国市场的 20%。中国汽车窗膜年需求 1 亿平方米，其中 8000 万平方米依靠进口，但康得新已是主流供应商之一。碳纤维是直接制约中国国防工业发展的关键材料，经过 5 年努力，康德新 2016 年建成中国第一条年产 1700 吨碳丝、5000 吨原丝的高性能碳纤维生产线，已正式投产。中国过去只能做 T300，现在可以做 T700、T800、T900、T1000，良品率达到 80% 以上。中国每年需要碳纤维 16200 吨，自己只能生产 3200 吨 T300，其他高性能碳纤维全部需要进口，一些高端碳纤维国外还在严格封锁。

最近康得新还投产了第一条柔性材料生产线，未来手机、电视机都可以是卷曲的，互联网世界"无处不柔"，通过印刷柔性电路就可以做成传感器。还有柔性光伏，一张膜贴在玻璃上就可以发电，每度成本只有 1.5 角钱。还有柔性照明，3M 第一个研发成功，第二个就是康得新。

（康得新案例数据来源：微信公众号"秦朔朋友圈"，秦朔，"大视野! 中国企业家新主流在崛起!"，2017 年 2 月 20 日。）

有技术创新，就有可能建立较高的竞争壁垒，就有信心和底气。有信心，就能理性拥抱我们所处的过剩时代。

一 过剩时代，什么比黄金珍贵

20 世纪 80 年代之前出生的中国人，经历过短缺时代，物资匮乏，买东西要"批条子"或"凭票供应"。

有一年我在南京，街边馒头 0.45 元一个，外加 2 两"全国粮票"。一次我身上只带了钱没带粮票，没有任何一家馒头店肯卖给我，它们都还是国营企业，饿了大半个下午，从鼓楼走到福建路，回学校才吃上饭，食堂也要粮票，国家每月给大学生 31 元助学金，还有 28 斤粮票。

1992 年，价格体系终于放开，新放开的生产资料和交通运输价格达 648 种，农产品价格达 50 种，包括粮食价格。到 1993 年春，中国社会零售商品总额的 95%、农副产品收购总额的 90%以及国产资料销售总额的 85%全部放开，由市场供求决定。[1]

经济体系的潜能被极大地释放出来，到今天（2017 年），中国

---

[1] 数据来源：经济观察报，北京大学国家发展研究院周其仁教授在芝加哥大学"中国改革30 年讨论会"上的发言"邓小平做对了什么"，2008 年 7 月 28 日。

已经连续 8 年成为世界第二大经济体，永久告别了短缺经济时代，进入过剩时代。

我们的问题是，过剩时代，什么比黄金珍贵？

思考这个问题，就思考了中国制造转型、经济转型等当前现实而迫切的问题。

分析这个问题，就分析了企业成功的密码。

解决了这个问题，我们就不仅解决了产能过剩、库存过剩的问题，而且会有一大批企业真正成为行业的领导者。

我们在信息时代进入了过剩，又在过剩里遇到了转型挑战，国家如此，企业如此，个人也如此。

中国企业，正在探索全球制胜密码。这个密码，堪比黄金珍贵。

二 制造业转型

2016 年以来，随着整个中国经济到了转型期，中国制造也到了转型升级的关口。按北京大学陈春花老师的思考，"转型不能以牺牲盈利为代价"。

20 世纪英国伟大的经济学家约翰·梅纳德·凯恩斯在 1930 年出版的《货币论》中曾指出："我要提醒经济史学家注意一个明显的结论是，各国利润的膨胀时期和萎缩时期与国家的兴盛时期和衰败时期异常地相符。"他还指出："本书最重要的论点是：国家财富不是在收入膨胀中增进的，而是在利润膨胀中增进的。"

凯恩斯提出了一个很重要的观点，即判断一个国家经济是否在高速增长与繁荣时期，与这个国家各行各业的企业利润率或资本回报率密切相关。如果一个国家的各行各业都在盈利，说明这个国家的经济在高速增长时期；反过来，如果所有的企业都不盈利，大家都感到盈利难了，资本边际收益率在普遍下降，那么这个国家的经济增速就在往下走，高速增长时期也就结束了。

以前我们的制造分为三块：出口、投资和消费。

1. 面向出口的制造

我国是世界上三分之二以上国家的最大贸易伙伴，制造业的大约三分之一强依赖出口。

出口分三块：外资企业的出口、自主产品的出口和转口贸易。

外资企业的出口就是为外国的市场需求制造，只是工厂放在中国，绝大部分产品是外国人设计的，品牌是国外的，标准是国外的，生产线也是国外的。这部分出口，我们依靠代工赚取非常微薄的利润，不到整个产业链的3%。这部分制造，我们在世界经济体系里的分工，是"打工仔"的角色，本质上赚取的是加工劳务费，特点是吸纳大量低成本劳动力，税收贡献不高，典型公司如富士康科技。

自主产品主要是我国的优势工业产品，如机电产品、通信设备、高铁、光伏、风电产品、大宗原材料等。这部分出口是我国制造业的当家花旦，企业主要有中国中车、江南造船、华为、国电南瑞、长安汽车、三一重工、美的、海尔、格力、OPPO手机等。其特点是企业有较强的技术和知识产权，产品的价格和功能在国际上非常具有竞争力，但大部分还没有品牌溢价，税收贡献很大，典型如华为。

上述两类企业本身一般也是大型进口企业，主要进口关键的零部件、芯片、核心技术等。

外贸特别是出口的高速发展，使我国积累了大量的外汇储备。

长期来说，大规模依赖出口的制造（我国外贸依存度超过50%），尤其是代工型的制造，难以持续，不是我们真正想要的。

10年前，曹刚从日本回上海创办展唐科技，他没有想到，他会在中国手机代工业的巨变中，以停止创业结束。国产智能手机行业产能过剩，低端智能手机市场严重缩水，2014年展唐科技的销售规模已经大幅缩水。2015年年底，展唐科技一边堆着将近9千万元应收款，另一边拖欠着1.3亿元应付款，资金链危机一触即发。

为了刺激销售，展唐科技增加了很多超低价订单销售。雪上加霜的是，可能出于对看家本领3G的痴迷，曹刚错过了4G。

2016年9月13日，被称为"新三板停产第一股"的ST展唐（430635）宣布被从事不良资产管理的浙江福特资产管理股份有限公司以 46.34 万元收购。按这个收购价计算，曹刚所持股份仅值 18.33 万元。

而在 2015 年 4 月的巅峰时期，展唐科技的市值一度接近 10 亿元。

（以上资料来源：虎嗅网，手机代工产业之殇：曾经市值 9 亿，如今 46 万卖身，10 年创业梦一场，2016 年 9 月 23 日，http://www.huxiu.com/article/164816.html。）

2. 投资驱动的制造

投资驱动的制造主要就是面向各种基础设施、工厂项目的制造，我们修建了大量的房地产、发电厂、高速公路、铁路、机场、港口、发电厂、变电站、网络和通信设施等。基础设施和工厂项目需要大量的钢铁、水泥、铝、能源，也消耗大量的资金，结果是产能快速上升，导致供过于求，库存过剩就加剧，恶性的市场竞争加剧。

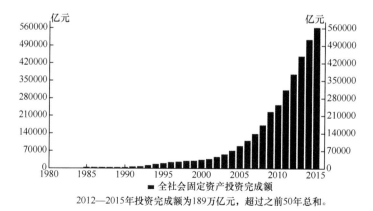

2012—2015年投资完成额为189万亿元，超过之前50年总和。

（图片来源：复旦大学经济学教授韦森，2016 年 12 月 18 日出席北京大学第二届新结构经济学专题研讨会（冬令营）演讲。）

不考虑浪费的部分，投资项目往往耗资巨大，而且往往都是贷款建设的，要求投资回报率，这样才能还本付息。所以各种基础设施就要收费，如高速公路的路桥费，能源的价格也上涨，所以整个制造成本就被拉动上升。

一般来说，房地产的价格上升会拉动制造业成本上升，发行国债事实上也会影响通货膨胀，二者都会提高制造业的成本。

但是，这里面有个临界值，如果制造业规模的增长速度和利润的增长速度快于房地产价格的上涨速度，对经济来说，压力就没有那么大，而且制造业和房地产业之间会互相促进，比如深圳的例子。

如果制造业处于萎缩和下滑通道，而房地产价格又不断上涨，那么房价是缺乏制造业支撑的，经济的压力就会非常大。

另外，单位投资带来的 GDP 也存在不断下滑的趋势。目前，我国投资对 GDP 的拉动已经下滑到很低的水平，每 3.5 元只能拉动 1 元 GDP。（资料来源：韦森教授《对中国经济现状和未来走势的判断》。）

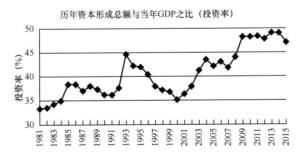

历年资本形成总额与当年GDP之比（投资率）

（图片来源：复旦大学经济学教授韦森，2016 年 12 月 18 日出席北京大学第二届新结构经济学专题研讨会（冬令营）演讲。）

所以房地产行业、固定资产的投资与发展就存在一个投资的天花板，有一个增长空间的极限，因为继续投资产生的经济拉动效应超过临界值以后，会开始快速减弱，甚至起副作用。

所以，投资驱动的制造是有天花板的。

3. 把出口、投资、银行联动起来

如果我们把出口和投资联动起来，由于投资过度和出口萎缩双重因素，将引发整个制造业的产能过剩和成本上升，如果继续出口，我们就需要降低价格，人民币汇率就必须更低，但是由于全世界都进入需求饱和状态，我们降低，别国就不乐意，汇率就下不去；别国还希望中国多进口产品，拉动经济增长，而如果大量进口，如芯片和石油，人民币汇率太低，花掉大量外汇就意味着国内要大量减少人民币供应，这样又引发通缩问题。

尤其是一些对外资企业进出口、政府投资双重倚重的地区，就更加明显。根据公开数据，2011—2016 年我国财政赤字和国债发行规模见下表：

赤字和国债　　　　　　　　　　（单位：亿元）

年份	2011	2012	2013	2014	2015	2016
财政赤字	−3958	11270	−9235	−8766	−23626	−28522
赤字率	−2.7%	7.3%	−5.1%	−4.5%	−12.1%	−13.8%
年度国债发行规模	13998	13562	15544	16247	19875	29458

（数据来源：根据中国财政部官方发布数据整理，www.mof.gov.cn。）

2014—2016 年财政收入结构见下表：

财政收入结构 （单位：亿元）

种类	2014年	2015年	同比增幅	2016年	同比增幅
一般预算总收入（1）	140370	152269	8.5%	159552	4.8%
其中，房地产行业直接税收收入a（五项）	13820	14021	14.5%	15018	7.1%
政府基金性总收入（2）	54114	42330	−21.8%	46619	10.1%
其中，土地出让金收入b	40386	32547	−19.4%	37457	15.1%
房地产行业直接贡献（a+b）/（1+2）	29.4%	25.2%		26.6%	

（数据来源：根据中国财政部官方发布数据整理，www.mof.gov.cn。）

可以看到房地产业贡献的收入占比很高。房地产业贡献由土地出让金、直接税收、间接税收构成。其中，直接税收收入包括契税、土地增值税、房产税、耕地占用税、城镇土地使用税；间接税收包括房地产行业营业税、增值税和个人所得税。

如果把房地产行业间接相关的营业税、增值税和个人所得税计算在内，则房地产行业对财政收入的贡献在30%以上。

从上述两张表可以看出：

① 国债的发行在加大。

② 经济对房地产行业依赖性较大。

在这种情况下，一些有钱的企业、个人和原来到中国投机的热钱，就纷纷想把钱撤回安全的地方，同时避开中国的税收和金融监管。其结果是，有些信心被藏了起来。制造业就是在这样的背景下，来逐步推进转型升级。

三 数据里的信心

信心可以藏起来，数据藏不起来。

1949 年，我国的人均国民生产总值是 23 美元，而美国是 1882 美元；到 2015 年，我们做得怎样呢？人均制造业的增加值相当于美国的三分之一。

根据复旦大学经济学教授韦森 2016 年 12 月 18 日在北京大学第二届新结构经济学专题研讨会（冬令营）上的演讲《从一些宏观数据看中国经济的当下格局与长期增长前景》，1952 年到 1978 年这 27 年中，中国经济总量几乎没有多少增长，而同一时期，西方发达国家经历了差不多平均年增速超过 4% 的快速经济增长，而发展中国家平均才增长 1.7%。

工业和信息化部苗圩部长在《求是》2015 年第 1 期上撰文说，改革开放以来，我国工业增加值占国内生产总值的比重保持在 37%～45% 之间，工业对经济增长的贡献率基本保持在 40% 以上。目前，我国工业化尚未完成，工业仍是推动经济增长的主要力量。

按照世界银行发布的 2015 年制造业增加值数据，世界工业前十强分布见下表：

总量排名	国家	制造业增加值/亿美元	2015 年人口/亿	人均/美元	人均排名
1	中国	32600	13.71	2377	8
2	美国	20681	3.21	6434	4
3	日本	8509	1.27	6702	3
4	德国	6815	0.81	8371	1
5	韩国	3696	0.51	7301	2
6	印度	3018	13.11	230	10
7	英国	2605	0.65	3999	6
8	意大利	2578	0.61	4239	5
9	法国	2423	0.67	3635	7
10	墨西哥	1958	1.27	1541	9

（数据来源：根据世界银行网站数据整理，www.worldbank.org.cn。）

从总量来看，我们的规模最大；从人均来看，我们做得比墨西哥和印度好，约是美国和日本的三分之一、德国的四分之一，如果要赶上法国，我们的人均值需要提升 50%；人口基数短期内不会下降，可能还会略有上升，假设美国制造业年均增长率为 3%，我国每年增长 6.7%，那么人均制造业增加值要追上美国，粗略计算需要 30 年，那时候，总量至少是美国的 4 倍。

按照这个假设，如果美国一直是个优等生，能连续 30 年保持 3%的增长，并且这个优等生不会主动干扰我们的发展，那么我们也还需要再做 30 年的优等生，即连续 30 年保持 6.7%的增长才能追上。我们能不能做到呢？

制造业增加的任务最终是要由企业来实现的。所以我们换一个问题，中国企业，特别是大企业能不能连续增长 30 年，且每年增长不低于 6.7%？如果大企业不能够做到，由于它的权重太大，就需要极多的中小企业来补充增长的缺口，才能保证总体规模的持续增长。那么，未来我们能否有那样多的持续发展的中小企业来补足增长的缺口？

所以，对制造业来说，这是一个开源的问题！

1978 年改革开放以来，我国的经济取得了人类史无前例的巨大成就，这显然不是"中国房地产"促成的，依靠房地产和货币政策显然是难以支撑如此伟大的经济成就的。恰恰相反，房地产业的巨大发展只能是"中国制造"带来财富后使然，"中国制造"是中国财富之源泉。

制造业作为财富的源泉、国之命脉，应该怎样在这样的历史时期开辟新的财富源泉？又面临着什么困难？究竟是什么原因导致了制造业的巨大困难，导致了创新与盈利能力持续降低？今天，我们面临的危机又该怎样去引导、化解和为我们所用？

制造业所面临的巨大危机，包括"危"和"机"，但今天我们面临的"危"，不可能比 1978 年刚改革开放时面临的"危"更大更难；今天我们面临的"机"，还可能比 1978 年面临的"机"更大更好。

基于常识和历史经验来看，持续增长取决于三个基本条件：

① 持续盈利，保持成本优势，有利润。

② 稳定的经营环境，包括国际和国内环境。

③ 稳定的金融和货币环境。

第二节 "危"之所在

制造业的"危"就出现在上述三个条件里面。

我们先看看主流的观点。

一 成本红利的持续享有

第一项，意味着制造成本优势的保持，或者成本红利的持续享有。目前的中国制造业的成本优势公认主要来自人口红利。人口红利主要包括三个：一是充足的且有劳动意愿的劳动力；二是劳动力单位成本低，三是单位劳动力的负担（要赡养的老龄人口）低。

按照国家的相关数据，我们实际上已经出现劳动力人口负增长，快速进入老龄社会，未富先老。接下来，单位劳动力的负担是一直上升的。而 20 世纪 90 年代以后出生的人口，其中相当大一部分是不愿意从事制造业和低端服务业的，甚至只有很低的劳动意愿。换句话说，100 万 20 世纪 70 年代出生的劳动人口中愿意工作的人数和 100 万 20 世纪 90 年代出生的劳动人口中愿意工作的人数相比，后者是要少得多的。最后，我们现在的劳动力成本是快速上升的。

尤其需要引起注意的是，我国制造业一方面人口红利消失，另一方面既有人员特别是基层员工缺乏专业性的短板凸显。据人力资源和社会保障部统计，中国制造业产业大军的主力仍是农民工。其中，中国技工劳动者 1.5 亿人，仅占城镇就业人员的 39%，占就业人员总量不到 19%；高级技能人才 3762.4 万人，仅占技能劳动者总数的 25.2%，占就业人员总量不到 5%。[1]

根据《中国财经报》刘尚希等人的交流文章，按照中国财政科学研究院的"降成本"大型调研的调查结果，我国企业综合成本上升，附加值不高，利润空间收窄。

从 2013 年到 2015 年，企业平均产值逐年下降，2014 年、2015 年的下降幅度分别为 2% 和 5%，平均利润总额下降幅度则分别高达 37.5% 和 14.3%，企业经营形势严峻。[2]

同时，实体经济企业六大成本，即企业的税收负担、人工成

---

[1] 数据来源：中青在线，我国在世界技能大赛金牌榜上有望实现零的突破，2015 年 8 月 30 日。
[2] 数据来源：中国财经报，财政部财政科学研究所刘尚希，改革比全面减税更重要，2016 年 9 月 8 日。

本、用能成本、物流成本、融资成本和制度性交易成本，大都呈上升态势，至少后五项是有增无减的。

对中国企业的税收负担高低问题，不同的数据口径和测算方式并不相同，但基本的判断趋于一致，即目前企业的税负成本的确居高不下。中国企业 2015 年的宏观税负率 IMF 给的数据为 29.1%。[1]

相关测算表明，不考虑税收优惠政策，我国规模以上制造企业若要保证税收负担与美国同等企业的所得税持平，税前利润率不得低于 25%，而我国规模以上企业的税前利润率长期徘徊在 6%～7%。[2]

根据波士顿咨询的研究报告《全球制造业成本竞争力新图谱》，工资、生产率、能源成本、货币价值和其他因素年复一年的细微变化悄悄地，也极大地影响了"全球制造业竞争力"图谱。从 2014 年开始，中国相对美国的工厂制造业成本优势已经减弱到 5%以下，而墨西哥按单位成本计算的平均制造成本已经低于中国。

波士顿咨询认为，飞涨的劳动力成本和能源成本削弱了中国和俄罗斯的竞争力。例如 2004 年，根据生产率调整后的制造业平

---

[1] 数据来源：国家税务总局，www.chinatax.gov.cn。

[2] 数据来源：《财经》杂志，中国社会科学院工业经济研究所，中美制造业税负成本比较及对策建议，2016 年 12 月 28 日。

均工资在中国大约是 4.35 美元/小时，美国是 17.54 美元/小时；而 10 年后的 2014 年，中国已经上升到 12.47 美元/小时，而美国仅上升了 27%，为 22.32 美元/小时。而用电成本，从 2004 年到 2014 年，中国上升了 66%，天然气成本则猛增了 138%。[1]

2008 年金融危机爆发后，石油价格在相当长时间内低于 50 美元/桶，处于低价位运行，这曾消化了一部分中国企业的成本压力；今后石油价格的变化也将对制造业成本有重要的影响。

低成本成就了中国制造业的辉煌，也带来了巨大的问题，如反倾销制裁、缺乏核心技术或技术落后、环境污染、产能过剩、库存积压……随着人口红利的逐步消失、国际贸易环境发生变化、成本压力的上升，自 2008 年以来，制造业一直在困难与希望中前进，一直在苦苦追寻转型之路。

有些资源枯竭了，有些小镇恢复了寂静，有些外资工厂撤离了中国，有些民营工厂关闭了，其中不乏曾经是行业里面的优秀公司；有些人没有熬过去，有些人选择了观望，更多的人在坚持。

2017 年的除夕前夜，一位做无尘车间的老板找到了深圳某家民营信贷公司，以个人名义申请了 20 万元贷款，以缓解燃眉之急；就在此前不久，另一位做电路板制造的老板面带窘色地找朋友帮

---

[1] 数据来源：美国波士顿咨询的 2015 年 8 月研究报告《全球制造业的经济大挪移》，*The Shifting Economics of Global Manufacturing*。

忙，他的兜里只有不到 200 元现金了。

人们都在追寻，除了低成本，我们是否有第二种制胜法宝？抑或，低成本的宝刀可以不老，廉颇仍堪重用？

我们认为，成本红利能否持续的确存在很大不确定性，构成了一定的风险，但目前就过早地判断成本变化的方向，从而匆忙决策或过于忧虑，这样的做法对如此巨大的制造业来说，不一定适用。

以我们在广州的问卷调查来看，受访的 30 多家国有企业中，仍然有超过 50%认为自己在未来 3 年内能保持对国际同行的成本优势；更多的顾虑来自低价恶性竞争，占比超过了 90%。

考虑到一些流行的、主流的观点在成本结构化分析方面有所欠缺，我们设计了三组成本视角，供读者参考。

1. 经济要素成本视角

经济要素成本视角包括：①生产要素；②交易成本；③制度成本。本组成本视角将成本按要素划分单元，然后识别刚性与非刚性部分，并分析空间和变化速率。

其中，生产要素成本包括人力、设备、材料、能源、资金、土地、技术；交易成本包括信息搜寻成本、谈判成本、缔约成本、监督履约的成本、处理违约行为的成本等；而制度成本则包括各种政府性费用、税收、上交的基金等。

对本组成本要素的分析，要基于供求关系来考虑，并且通常需要长期的视角，基于经济周期、技术创新等重大因素来考虑，从而对要素的成本有更符合商业理性的预估，并充分考虑宏观与微观的区别。大家知道，一个政府决策者，可能用宏观的方法去看企业，认为某家企业很困难，这会有很大风险；反过来，一个微观的企业，用自己微观的方法去理解政府的制度成本和经济政策的动向，也不十分可靠。

比如人力成本的问题，并不会如同一些经济学家所说的那样悲观，由于结构和周期的因素，人力成本依然会有许多利好的机会窗口。在某些地区，由于政府的鼓励与引导、生活工作习惯改变、建筑改良、移民、地区聚合等因素，人力的供给可以大量增加从而带来成本降低。这个时候，宏观和微观是很不相同的，宏观上可以说人口红利下降而成本上升，但在微观层面是需要甄别的，不同的行业和企业差异悬殊。

能源价格也是如此，某些替代性能源或革命性能源技术的出现都可以显著降低能源成本，石油的价格也存在自身的周期。

趋势本身也具有周期特征，短周期内，成本可能会上升；但长周期来看，也会有一定的回落。

互联网技术的发展能够显著地降低交易成本，而政府的政策也会随着各种情况有所调整。

所以，用本组视角来思考制造行业，乐观、谨慎乐观和悲观都可以接受。相同的是，大家要足够理性。

2. 内部流程成本视角

内部流程成本视角包括：①需求研究；②设计；③技术获取与创新；④产品研发；⑤营销；⑥供应链；⑦质量；⑧回款；⑨管理；⑩金融。本视角主要是将流程的价值和成本联系起来，并分析和发现优劣势。

优点是，它是相对的视角，而不是绝对的视角，比如技术获取的收益和成本的比例、技术成本在总成本当中的比重等。这样，就非常有助于制造业去发现利润区、建立核心优势和构建护城河，并且有助于利用专业分工、专业服务、社会共享服务来获得更好的质量和更低的成本。

如果是政府或大公司选择本视角，就会非常有助于按照产业集群、服务集群的方式构建区域的比较优势。例如，比较中国与印度在软件行业的发展策略，中国可以借助这种细分，分行业或分软件产品从设计、编码、接口、测试、集成、封装等方面构建全方位的优势，如通信软件。

3. 客户成本视角

客户成本视角包括：①初始购买；②使用；③维护；④替代

与更新；⑤回收处理。本视角本质上是投资视角，通过研究客户的全生命周期成本，发现价值区域，发现企业机会，成本只被视作一个撬动价值的杠杆。

对许多制造基础装备的企业来说，利用这个方法在分析上具有明显的好处。

通过上述三组成本视角，事实上我们注意到，理性的分析者不需要过于担忧成本高低的问题，而是考虑中国制造业要勇敢地拥抱成本结构的历史性转变，并想办法重塑新的成本优势。

二 经营环境存在不确定性

第二项，稳定的经营环境存在较大的不确定性。

从全球经济竞争环境来看，按照北京大学周其仁教授的研究，中国现在面临的国际形势是"外需萎缩，反全球化"，与 1978 年改革开放以来的环境相比，发生了很大的变化。典型地，一个是英国脱欧事件；另一个是美国新政府退出了 TTP。

这种变化对我国这种高外贸依存度的制造业，是有重大影响的。过去 10 年的迅速发展使我国经济对外贸易依存度超过了50%，按照同样的口径，2010 年美国的外贸依存度为 28%，日本为 26%，欧元区 17 国为 34%，其他金砖国家，印度为 31%，俄罗斯为 43%。[1]

之所以如此，和我们所处的国际产业分工的位置有关。我国是世界工厂，而且以加工贸易为主，这是中国入世后参与世界分工的主要方式，其机理则是人口及制度红利的比较优势，这对于资方而言是非常有吸引力的。

作为曾经拉动中国经济高速增长的引擎之一，中国进出口在 2016 年的表现并不是非常理想。根据海关总署的相关数据（以美元计价），自 2015 年 1 月以来，中国进出口的累计同比增长率一直为负数，2016 年 1～11 月进出口累计同比下降 7.3%。其中，进口金额累计 14168.69 亿美元，同比下降 6.5%；出口金额累计 18889.45 亿美元，同比下降 7.9%；贸易差额为 4720.76 亿美元。[2]

对国内来说，改革进入深水区，未来 30 年的经营环境保持稳定，国内房市、股市、债市、地方债治理、去产能、去库存、去杠杆等问题取得预期的成效，从而为制造业提供一个更加平稳的经营环境，都需要社会各界漫长而艰苦的共同努力。

三　金融和货币环境存在不确定性

第三项，关于稳定的金融和货币环境，也存在较大不确定性。

---

[1] 数据来源：根据中国国家统计局发布数据整理，www.stats.gov.cn。

[2] 数据来源：清华大学中国与世界经济研究中心，2017 年中国宏观经济分析与预测，2017 年 1 月 8 日。

奥巴马时代，美国曾多次施压中国人民币汇率问题，特朗普竞选的口号甚至就是要宣布中国为汇率操纵国，这使得人民币的国际化道路在较长时间内都要受到来自美国的影响。

与此同时，一些主权国家连续发生经济危机，甚至出现主权债务违约，而本国货币也因经济危机发生剧烈波动，如希腊、意大利、葡萄牙、西班牙、土耳其、委内瑞拉、阿根廷、印度，预计今后还会有更多主权国家的货币出现剧烈的不稳定，这对人民币国际化，对中国制造业的走出去会造成更大的金融风险。

很多年前，重庆小康公司曾经在委内瑞拉销售了一批摩托车，至今未能收回全部款项；华为在委内瑞拉有许多电信项目，金额高达数亿美元，当年也由于委内瑞拉的外币管制、严重通货膨胀，回款困扰了华为多年。

对人民币是否会继续贬值问题，瑞银认为鉴于美联储和我国央行（及其他主要央行）之间的货币政策可能继续分化，资本外流压力持续，人民币对美元还可能会进一步贬值。(资料来源：瑞银集团，2017—2018展望，2016年11月17日。)

瑞银认为影响中国金融稳定的主要风险是影子信贷增长和资本外流。

关于制造业可持续开源的上述三个基本条件方面的分析，都表明存在明显的不确定性。

其他的主要因素，还包括诸如贸易战、技术限制以及安全层面的干扰等。

我们的制造业还面临一些内部运行环境的危机，比如各种体制改革能否顺利，金融市场能否规范运作，人们对法治、信息安全、食品安全、医疗价格、教育质量、社保养老保障等能否有足够的信心，环境污染能否控制，等等。这些都关乎制造业的健康发展，影响着制造业的顺利转型。

制造业的这次转型升级，在技术层面上更深更广，特别是电子信息技术、人工智能、新能源、新材料等的推动，因此，我国整体和企业个体在技术创新体制、成果转化机制、知识产权保护、知识管理上的许多短板将会成为较明显的制约因素。当然，后者本身也需要在这轮转型升级里通过发展获得改进。

国内三农特点与制造业的关系也是制造业能否顺利转型、企业用工是否稳定的重要因素。在新农村建设大潮的推动下，农业和农村乡镇吸纳就业人口、留住人口的能力将会有所提升，乡镇更加宜居。与此同时，对于制造业集中的城市，则生活成本持续上升，工资上涨幅度有限，加上城市服务对劳动力的吸引力度的上升，制造业会面临新的用工困难（不同省份还有很大不同。）

电子商务的持续发展使一些面向终端消费的制造业的发展出现了新的特点，比如过去习惯的、稳定的销售渠道和供应链渠道出现了重大变化，区域市场、生产基地发生转移等，从而会加剧地区之间的不平衡。

总体来说，制造业作为整个社会系统的构成，难以脱离整个社会系统而独立优先发展。在整个社会系统熵值可能不断上升的情况下，制造业所面临的"危"有很大概率是不断上升的。

第三节 "机"之所倚

德勤得出结论，未来 10 年，全球制造业最具竞争力的还是中国。一是有最大的市场，比如显示行业的光学膜，手机、电视机里都有，全球总需求每年不到 20 亿平方米，中国要 15 亿平方米，自己生产 2 亿多平方米，主要靠进口；二是有全球最完整的产业链，如果苹果公司想把手机拿到美国制造，没有三五年是很难的；三是有最完整的基础设施，水电气道路都很完善，如果到印度尼西亚开工厂可能电还不够用；四是有上亿人规模的产业大军；五是民营企业正在成为中国制造的主体，2015 年民企从规模上已占中国制造的 60%、新产品专利的 65%、新发明专利的 70%，新产品占有率为 75%，并正向全球进行并购和发展。（资料来源：微信公众号"秦朔朋友圈"，秦朔，《大视野！中国企业家新主流在崛起！》，2017 年 2 月 20 日。）

过去，中国的制造企业可能享有的全球化红利、成本红利、制度红利、改革红利等，在未来的 30 年会不会转化，这是企业危机的"危"之所在。

"危"与"机"总是相伴相随，只要这个"危"不会转化成现实的"劣势"，"劣势"不会持续恶化成"败势"，企业就仍然有极大的机会。为什么呢？

一 我国依然具有一定的后发优势

我们所面临的"危"，一样是他们的"危"，甚至可能更甚。这里面有个加速度的问题，比如说增长，我们总是比他们快一点；比如说下滑，我们又总是比他们慢一点；那么，一起赛跑的话，他们的压力要更大一些。

根据波士顿咨询的报告，就成本竞争力来说，澳大利亚、法国、意大利和瑞典的制造业成本高于美国 16%～30%；荷兰和英国则保持稳定；在全球前 10 位的商品出口国中，除了中国和韩国，其他经济体的制造业成本都高于美国。

比如手机工业，在苹果和华为的双重竞争压力之下，三星在产品研发方面就出现了一些问题，电池选型不过关，导致了严重的质量事件，造成了数十亿美元的直接损失和不可估量的品牌损失。而就华为和苹果的竞争来说，技术性的差距是相对容易弥补的，随着中国文化和品牌的影响力不断上升，华为有希望越来越多地抵消苹果赖以暴利的美国文化（价值观、音乐、电影等）元素的优势，从而不断蚕食苹果的市场份额。

过去我们的制造业，技术创新和技术转化的能力弱一些，技术消化能力差一些，管理改进和创新的能力更弱一些，也就是说，我们的油耗比他们更高一些。底子差，改进的空间自然就大，那么，现在如果我们加强技术创新和技术转化的能力，企业内部加强管理，就容易取得更多的成效。

换句话说，就企业离天花板的距离来看，美国、日本、德国的企业距离它们的天花板显然比中国企业要更近，而我们不少行业离天花板还十分遥远。

举个极端的例子，美国的 F35 飞机和军舰，技术是足够先进的，但是它单价降不下来，造得越多，亏损得越厉害。但中国的航空企业和造船企业就不同，可以说还处在高速发展的轨道上。

边际收益是递减的，越是成熟的经济体，它的边际收益越趋近于零，因此，在全球化竞争时，它面临的风险就越高，转型的代价就越大。

奔驰和宝马汽车在面对中国的吉利时，就面临这样的问题，传统汽车工业在没有革命性的技术（或许是特斯拉汽车和谷歌无人汽车的一种）替代之前，逐渐发展到了尽头，稍微出现一些黑天鹅事件，就会造成传统汽车巨头的摔跟头，比如通用汽车、克莱斯勒、大众汽车，而中国的民族汽车工业虽然没有品牌优势，但确实可以凭借低廉的价格和某些特有的优势（维护成本低、省油、空间大、易于装货），在亚非拉这样的市场战胜一些高端品牌。

中国通信企业超越北电网络、摩托罗拉、朗讯、诺基亚，至少并不是单纯依靠技术更先进和产品质量更好（一般认为这方面外企 500 强做得更好），而是在于客户选择中国通信设备厂商的产品具有经济上的更大好处，从而诱使它们放弃了原有的供应商。

二 由于结构的原因，我们的需求总量还可能增加

这个结构是由我们的人口结构引起的，直白地说，就是我们中等收入人群的人数不少了，比如说有 3 亿，相当于美国的人口总量，但是，我们还有 10 亿低于中等收入人群生活水平的人口，如果将其中 3 亿提升为中等收入人群，那么由于这种结构性的增量，需求总量还会增加。

根据中新网 2015 年 3 月 9 日电，国家统计局发布，中共十八大以来我国人均 GNI（国民收入）稳步增长，相当于世界平均水平的比例由 2012 年的 56.5% 提升到 2014 年的 68.6%，2012—2014 年，我国人均 GNI 年平均增速达到 7.3%，远高于世界平均水平。[1]

按世界银行 2015 年 7 月 1 日公布的数据，我国 2014 年人均 GNI 为 7380 美元。[2]

---

[1] 数据来源：中国国家统计局，www.stats.gov.cn。
[2] 数据来源：世界银行，data.worldbank.org.cn。

基于上述数据，如果我国人均 GNI 增长到世界平均水平，静态估计，按 2014 年口径，即人均 10758 美元，意味着人均增长 3378 美元，乘以我国 13.7 亿总人口，就是 46278 亿美元，相当于 32.4 万亿人民币（按汇率 7 计算）。

随着未来我国在全面小康的基础上全面稳步发展成为中等以上发达国家，内需将获得显著增长，中国制造将由此获得巨大红利。

有信心，才有需求

过去关于需求只讲购买力，这忽视了人主动性的一面，他有购买力，也有需要，但是他害怕，他不关心，他无所谓，总之就是没信心和没爱心，宁愿负利息储蓄，也不愿意购买，那也就不是有效需求。因此，我们觉得在中国谈需求要加上一个东西：信心。有信心，对自己有信心，对家庭有信心，对社会有信心，对政府有信心，对未来有信心，那么，他有钱有需要，就愿意投资，就会消费，就会成为真正的有效需求。

为了便于记忆，我们画一个中国制造的有效需求三角，如下图：

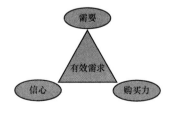

这样的需求三角，能够大大缓解存量部分需求曲线的下降斜

率，同时对人口结构引起的增量需求部分，也有一个很好的拉动，一部分减少下滑，另一部分新增或快速上升，总量就很大。

因此信心非常重要，二者齐备，就可以让先富裕起来人继续消费和投资，从而带动其他人的富裕和消费。

三 面向内需制造

"面向内需为核心"的制造，可以持续地释放生产力。由于我们的人口基数大，所有以人为计算基数的"需求"都是海量的，加上需求升级，就构成中国制造业的机会和财富。

现在我们中国人有购买力、有需要，加点信心，加点爱心，内需市场就会快速地爆发出来。政府也在努力带领大家往这个方向走，制造业的机会是非常非常大的。

例如，企业针对中国厨房油烟大、空间小的特点，开发侧吸式一体化厨灶，成为新一代新家庭优选产品。咖啡机、烤面包机、美式厨房烤炉、韩式桌面烤炉是许多中国家庭主妇的钟爱，她们不仅购买产品，还会在网上秀她们的"作品"，针对这类需求定制开发，企业将收到良好的效益。

以智能马桶为例，在中国的潜在消费数量大约为2500万户家庭，但迄今为止，中国还没有使用坐便器的人口超过6亿人，也就是说，超过6亿的人口是买不起马桶的。按一个智能马桶3000元计算，乘以2500万家庭，就是750亿元的需求。

产业链视角分析需求十分有益，手机产业链如下图：

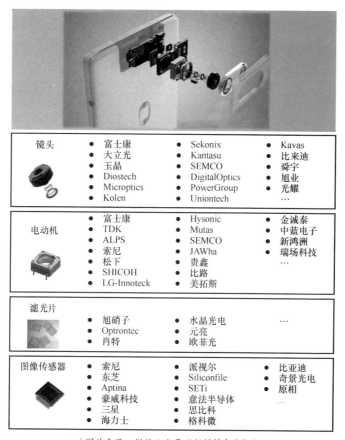

镜头	富士康 大立光 玉晶 Diostech Microptics Kolen	Sekonix Kantasu SEMCO DigitalOptics PowerGroup Uniontech	Kavas 比来迪 舜宇 旭业 光耀 …
电动机	富士康 TDK ALPS 索尼 松下 SHICOH LG-Innoteck	Hysonic Mutas SEMCO JAWha 贵鑫 比路 美拓斯	金诚泰 中蓝电子 新鸿洲 瑞场科技 …
滤光片	旭硝子 Optrontec 肖特	水晶光电 元亮 欧菲光	…
图像传感器	索尼 东芝 Aptina 豪威科技 三星 海力士	派视尔 Siliconfile SETi 意法半导体 思比科 格科微	比亚迪 奇景光电 原相 …

（图片来源：微信公众号"新材料在线"。）

按照分工的观点，每个制造业产业链的裂变和细分，都可以创造出大量的经济产出，制造业本身的进步、裂变、专业化细分，就能够创造财富。大家都热衷于互联网，可是中国互联网前三家 BAT 的收入总和都比不上华为一家，更不用谈和整个通信业产业链相比了。

我国《国民经济和社会发展第十三个五年规划纲要》提出，要积极推进 5G 发展，2020 年启动 5G 商用。

而通信业 5G 产业链自身的规模有多大呢，按高通的分析数据，到 2035 年，全球 5G 价值链将创造 3.5 万亿美元产出，其中仅中国的 5G 产业链就贡献 9840 亿美元，创造 950 万个工作岗位。

基于需求和专业分工的价值，意味着根据需求细分来组织工业生产和创造价值，直至以需求为中心形成价值链，以中国家庭和个人的内需为决定性联系节点因素的工业生产体系，可能是中国制造的最大的"机"。

德国工业 4.0 以西门子为核心，通过工业标准把 5000 多家中小企业编制成网，构成德国的未来工业发展框架；美国以 GE 为核心，通过互联网的来连接工业实体和科研机构，组建行业联盟，开放连接协议，将虚拟网络与实体连接，形成更具有效率的生产系统，最终形成未来发展框架；而日本的先进制造 IVRA（工业价值链参考框架）的顶层设计划分出来很多微小的 SMU（智能制造单元），然后用物联网和互联网将它们连接起来，形成价值链，并且仍然高度重视"人"的关键因素。

对中国来说，要把个人和家庭的"需求"连接起来，然后连接到设计实体、科研机构、智能制造实体、智能物流实体，与配套的社会服务网络，如铁路、文化服务、金融服务、税务服务、居民服务等相连，最终构建出完整的中国新制造的框架。

仅在家庭侧，就有高达 10 万亿元的智能家居需求；在个人侧，也有高达 10 万亿元的个人服务（如养老、健康）等相关的需求。

而在"智慧城市"侧，"智慧社区"、"智慧小镇"侧，则是高达百万亿元以上的需求。

四 中国制造 2025

2015 年，国务院发布了规模宏大的《中国制造 2025 规划》，这是一个十年战略纲领。

《中国制造 2025》提出，坚持"创新驱动、质量为先、绿色发展、结构优化、人才为本"的基本方针，坚持"市场主导、政府引导，立足当前、着眼长远，整体推进、重点突破，自主发展、开放合作"的基本原则，通过"三步走"实现制造强国的战略目标：

第一步，到 2025 年迈入制造强国行列；

第二步，到 2035 年中国制造业整体达到世界制造强国阵营中等水平；

第三步，到新中国成立 100 年时，综合实力进入世界制造强国前列。

在提出《中国制造 2025》之后，国家还极具前瞻性地提出"一带一路"和"人民币国际化"发展战略，三者匹配，我们终于进入了第四次工业革命的起跑线，成为和美国、日本、德国一起比赛的四个种子选手之一。

在未来 10～30 年，将有更多的企业不需要依靠行政力量的整合，而是像它们的世界同行一样，基于对客户需求的满足，基于研发创新和优秀管理，依托中国的互联网和物联网，发展成为世界级的公司，甚至成为领导者。

第二章

回 归

一个年轻人脱离母体后，他要饱受磨难才懂得家的珍贵，然后心智渐趋成熟，事业不断进步，真正理解父母和家庭，真正回归。中国制造，就是这个年轻人。他已经有了硬实力，但软实力还有所不足，正在回归的道路上。

回归，才有最伟大的中国力量。中国制造，也是再造伟大的中国人！

第 一 节　竿路蓝缕

一　历史回眸

公元 105 年，中国人蔡伦在东汉京师洛阳总结前人经验，改造了造纸术。他以树皮、麻头、破布、旧渔网等为原料造纸，大大提高了纸张的质量和生产效率，扩大了纸的原料来源，降低了纸的成本，为纸张取代竹帛开辟了前景，为文化的传播创造了有利的条件。蔡伦发明造纸术见之古籍记载，《后汉书·蔡伦传》中说："自古书契，多编以竹筒；其用缣者，谓之为纸。缣贵而简重，并不便于人。伦乃造意，用树肤、麻头及敝布、鱼网以为纸。"后世遂尊他为中国造纸术的发明人。

造纸术在公元 7 世纪经过朝鲜传入日本。8 世纪中叶，怛罗斯之战后，经中亚传到阿拉伯。阿拉伯（古时称"大食"）的报达（今伊拉克的巴格达）、大马色（今叙利亚的大马士革）和撒马尔罕等地组织的第一批造纸工厂是由中国造纸工人亲自传授技术以后兴建的。阿拉伯最初造的麻纸，用破布做原料，采用的是中国的技术和设备。阿拉伯纸大批生产以后，就不断向欧洲各国输出，于是造纸术也随后由阿拉伯传入欧洲。

公元 12 世纪，欧洲最先在西班牙和法国设立了纸厂，13 世纪在意大利和德国也相继设厂造纸。到 16 世纪，纸张已经流行于全欧洲，终于彻底取代了传统的羊皮和埃及纸莎草纸等，此后纸便逐步流传到全世界。

造纸技术的推广，极大地降低了普通人获取知识的成本，对知识的传播和人们启蒙，起到了决定性作用；对欧洲脱离长达 1000 多年的黑暗与蒙昧，对欧洲的文艺复兴和工业革命，准备了最基本的技术条件。

从 1850 年左右起，英国基本上完成了以轻工业（棉纺织为主）向重工业、从劳动力密集型产业向技术密集型产业的转变，第二产业在 1850 年已超了第一产业，从一个传统农业国变成了近代化工业国，完成了工业革命。

其他西方大国工业革命的起止年代大致为：法国，1830—1870 年；德国，1834—1870 年；美国，1830—1880 年。

工业革命前的 1701—1741 年间，英国 GNP 年均增长 0.3%，1741—1771 年间为 0.9%，而 1780—1881 年间，英国 GNP 人年均增长 3.5%，为 1701—1741 年增长率的 10 倍以上。[1]

而发明了对工业革命至关重要的造纸技术的中华民族，在工业化的道路上，却历尽坎坷艰辛，付出了血与火的代价和巨大的民族牺牲。

二 峥嵘岁月

在张维迎和林毅夫两位大师的讨论里，有一部分是关于国家产业政策的，每次看到他俩的讨论，就会想起侯德健的那首《龙的传人》：

"百年前宁静的一个夜/巨变前夕的深夜里/枪炮声敲碎了宁静夜/四面楚歌是姑息的剑；多少年炮声仍隆隆/多少年又是多少年/巨龙巨龙你擦亮眼/永永远远地擦亮眼。"

炮声隆隆，百年中国工业化的坎坷之路由此开端。

自明清开启海禁之后，中国几千年的封建小农经济就一直隔绝于世界工业文明之外。

---

[1] 数据来源：山西师大张跃发，英国工业革命以来西方产业结构的两次转换，《世界历史》1996 年第 1 期。

清代实施海禁，仅开放广州口岸，但当时我国的商品经济、人文思潮也如同其他国家一样，在蓬勃发展。此时，英国早已完成工业革命，正在全世界扩张殖民地和商品贸易。尽管中国尚未了解世界，但在鸦片战争最终爆发之前，中英之间是有机会实现国家之间的贸易的，最初的英国并没有打算为鸦片走私贸易与中国开战，对于最后开战，英国议会的投票表决是 271∶262 微弱优势赞成。

当时存在一个很小的时间窗口，中国有可能像俄国、德国那样向英国学习，引进工业革命成果，以林则徐为首的一批中国人已经开始睁眼看外部的世界，如果没有战争，或许中国会如同 20 年之后日本明治维新所采取的措施一样，接受西方启蒙，向西方学习。不过，历史做出了选择，战争代替了思想启蒙和文化交流。

鸦片战争不仅打乱了近代中国融入主流国家、引进工业文明的进程，而且揭开了中国百年屈辱的序幕，也揭开了内乱的盖子，鸦片战争之后，大量华南劳工被卖猪仔，远涉重洋，甚至成为美国西部开发的主要劳动力；而两广地区则盗匪横生，今天开平、恩平一带大量防止盗匪的碉楼就是当年匪患的遗迹。第二次鸦片战争更是进一步严重阻碍了中国的经济发展步伐，割地、赔款，内忧外患，民族危亡。

世界上第一个完成工业革命的国家英国对中国发动了鸦片战

争，成为中国屈辱的百年近现代史开端；洋务运动曾经打开中国工业文明的曙光，却因为日本挑起甲午战争和中国战败而夭折；民国时期曾经有过短暂的黄金十年，长三角的轻纺工业、天津的化学工业一度获得快速发展，却再次因为日本侵略东北和发动全面侵华战争而中断。

1937 年，卢沟桥事变爆发的时候，中日之间的实力相差悬殊是非常惊人的。从经济基础角度看，日本每年的工业产值相当于 60 亿美元，中国当年的全部经济产值也就 13.6 亿美元；日本当年的钢产量是 580 万吨，而中国只有 4 万吨；日本当年煤的产量是 5070 万吨，中国是 2800 万吨；日本的石油储备是 169 万吨，中国只有 1.31 万吨；铜呢，日本是 8.7 万吨，中国只有 700 吨。

再看看 1937 年的具体军事工业品生产。飞机，日本当年造了 1580 架，中国一架也造不了；大口径的火炮，日本当年就生产了 744 门，中国一门也造不了；日本当年造了 330 辆坦克，中国一辆也造不了；汽车，日本当年造了 9500 辆，中国也是一辆造不了；军舰，日本当年生产的军舰是 52400 吨级，中国一吨级也造不了。也就是说，当世界进入机械化军事时代的时候，中国居然不能生产任何一种机械化时代的主战兵器，这就是 1937 年我们的工业情况。

抗战爆发以后，中国与日本的工业生产能力和经济实力差距进一步被拉大。抗战爆发初期，中国就丢掉了现代工厂的 94%，上海及东南沿海地区的工业全都丢掉了，发电量的 96% 也丢掉了。

到 1939 年，当时的中国政府控制区每年产铁量只有 1200 吨，到 1944 年，也不过只有 1 万吨。[1]

一直到抗日战争胜利的 1945 年，今天中国工业的 99%都还没有诞生。

自 1840 年以来，中国海岸线要直面的，从来都不是什么"文明"的工业和商业竞争，而是赤裸裸的武力威胁、恐吓、侵略、屠杀与种族灭绝，而对手所仰仗的，恰恰就是比中国提前完成的工业革命和由此产生的实力。

直至 1949 年新中国成立，我们才第一次真正有机会开启现代工业化之门，走上久违的工业化道路——一条史诗般的经济发展之路。

自 1953 年实施"第一个五年规划"以来，到 1957 年底，苏联帮助中国建设的 156 个建设项目中，135 个已施工建设，68 个已全部建成或部分建成投入生产。一些中国过去没有的工业，包括飞机、汽车、发电设备、重型机器、新式机床、精密仪表、电解铝、无缝钢管、合金钢、塑料、无线电等，从无到有地建设起来。1964 年 10 月 16 日，我国成功地爆炸了第一颗原子弹；1967 年 6 月 17 日，又成功地进行了第一颗氢弹爆炸试验；1971 年 9 月，第一艘核潜艇试航成功，中国的核工业已有较快的发展，建成了比较完整的核工业体系。

---

[1] 数据来源：戴旭，讲座"近代中国强军梦"，中央电视台"讲武堂"，2013 年。

从贫油国到石油工业的崛起

1963 年，全国原油产量达到 648 万吨，同年 12 月，周恩来总理在第二次全国人民代表大会第四次会议上庄严宣布，中国需要的石油，现在已经可以基本自给，中国人民使用"洋油"的时代，即将一去不复返了。

大庆油田的开发使原油产量的急剧增长，需要炼油工业同步发展。在此期间，扩建了上海炼油厂、石油七厂，将石油一、二、五厂和茂名石油公司由生产人造油改为主要加工天然原油，并大力开发新工艺、新技术、新产品。

1963—1965 年，我国先后攻下了被喻为"五朵金化"的硫化催化、铂重整、延迟焦化、尿素脱蜡以及配套所需的催化剂、添加剂等五个攻关项目。此外，还研究、设计、建设了加氢裂化等装置。到 1965 年止，共新建以上装置 13 套，全部实现了工程质量、试车、投产、出合格产品四个一次成功，大大缩小了同当时国外炼油技术水平的差距。1965 年生产汽、煤、柴、润四大类油品 617 万吨，石油产品品种达 494 种，自给率达到 97.6%，提前实现了我国油品自给。（以上资料摘自：和讯网，新中国石油部门的变迁，2009 年 9 月 11 日。）

我们一方面要自豪地看到，从 1949 年到 1978 年的初级工业化，让国家具备了基础的安全条件及继续发展的初步物质基础和技术储备；另一方面，也要冷静地看到，1978 年以前没有融入世界经济与科技发展主流，被美、苏两大阵营双重封锁，在改革开放之初，工业和科技落后于世界发达国家。

而自 1978 年以来的，中国工业化发展整整激荡了近 30 年，基本完成了弯道追赶的任务，工业总产值成为世界第一，即使在人均产值这样的指标上，我们也取得了极其惊人的进步。1949 年中国人均工农业总产值只有区区 86 元人民币，而同期美国的人均国民生产总值是 1882 美元，不到美国的零头；而 2015 年，我们的人均制造业增加值就达到了 2377 美元，是美国的三分之一。[1]

中国工业不仅规模最大，而且体系完整，是世界上唯一拥有联合国公布的全部工业门类的国家，共有 39 个工业大类、191 个中类、525 个小类。

我们不仅要看到中国制造，而且还要看到只有中国能制造的：

（1）世界上最大、最复杂的能源输送网络（国家电网）；

（2）世界上最高效的物品输送网络（国家高铁和高速公路网）；

（3）世界上覆盖最广的信息传输网络（国家通信网）。

今天的中国工业，恰如《蓝莲花》所传唱的：

没有什么能够阻挡/你对自由的向往/天马行空的生涯/你的心了无牵挂/穿过幽暗的岁月/也曾感到彷徨/当你低头的瞬间/才发

---

[1] 数据来源：经济管理杂志社，《1981 年中国经济年鉴》，1982 年。

觉脚下的路/心中那自由的世界/如此的清澈高远/盛开着永不凋零/蓝莲花

第二节　回归理性

筚路蓝缕，峥嵘岁月，在世界经济发展放缓的大环境下，在举国上下去产能、去库存、去杠杆的潮流里，中国制造业正经历着转型升级阵痛期。

一　历史呼唤我们回归理性

作为唯一幸存的古代文明，作为世界上历史最悠久的国家，我们理当更具历史的理性，从人类文明发展的脉络来理性地看到中国的工业化进程。

第一，中国本来有机会成为第一个启动工业革命和进入工业社会的国家，至少在宋朝、明朝晚期和清朝初期都遇到过历史机会，但最终失之交臂，这个中的原因是什么，是值得长期反思的。

有的人从封建社会价值观念体系和科举体制角度分析了原因，认为重仕轻民、重农轻商、重家国伦理轻科学技术、重格物致知轻动手实践、重先人死者轻在世活人、重家族内聚轻外人合作……这些制度和文化的原因决定了中国人不可能启动工业革命，我们至今感受到类似的思想依然在影响今天的中国。

有的人从财富角度认为，由于王朝垄断了社会的主要财富和资源，而这些财富与资源除了军事用途之外，绝大多数都只用于上层阶级的消费，而不是用来扩大再生产，普通民众十分贫穷（如"康乾盛世"下的贫困百姓），没有城市新兴有产阶层，经济和社会根本不具备工业革命的基础条件。

有人从思想专制角度，特别是明清时期，认为中国严重缺乏近代思想启蒙的土壤，也不具备工业革命的思想条件。

还有的人分析，王朝的暴力更替和简单的轮换，注定了中国工业革命即使诞生，也必定被暴力摧毁。

我们尤其要看到，小农思想、家长式管理、家族型治理、红顶商人等，都是历史留给我们的"遗产"，中国制造在未来的发展进程中，仍然不可避免地受到这些"遗产"的影响，某种程度上，它们是我们的基因。

有些基因，构成了我们的后发劣势，是需要改良的。

第二，从晚清到民国，中国的早期工业化屡遭挫败，表明安全产品是中国制造和工业化的必要条件，是工业的基本要素。

可以这么说，工业发展的核心要素里，除了生产资料、能源、人才、技术、资金之外，公共产品也是一个必要的核心要素。公共产品包括很多，比如道路和电力等基础设施，但最重要的是"安全"产品。

1949 年之前的中国政府，一直不能持续、可靠地提供"安全"这项公共产品，这是中国早期工业化进程屡遭挫败的最核心原因。

今天我们常说，"要想富，先修路"，要搞工业先搞"五通一平"，这些都是公共产品。我们可设想一下，要是邻居天天到家里烧杀抢掠，或者内部天天闹乱子、闹土匪、打砸抢，怎么可能安心生产？

所以说，1949 年之后的中国政府是做了一个对中国制造最为重要的底子，这个底子就是提供了百年以来从未有过的安全产品和各种公共产品，包括国家花费巨资建设的水利、交通、通信、教育、卫生等各种基础工程。

以中国电网为例，这是人类有史以来最伟大的能源工程，一共接入全中国 13.8 亿人口组成的超过 4 亿个家庭,接入由全国 241 万家工厂组成的世界最大制造基地，接入包括 25 万家医院、42 万家学校、34.5 万家科研院所和技术服务企业、20 万家酒店和餐饮企业、281 万家商店、25.2 万家交通和物流企业组成的总共 768 万家非工业企业。[1]

---

[1] 数据来源：国家统计局，2014 年全国经济普查数字，www.stats.gov.cn。

根据我国《"十三五"现代综合交通运输发展规划》，"到 2020 年，基本建成安全、便捷、高效、绿色的现代综合交通运输体系，部分地区和领域率先基本实现交通运输现代化"。网络覆盖加密拓展，综合衔接一体高效，运输服务提质升级，智能技术广泛应用，绿色安全水平提升。其中，高速铁路覆盖 80%以上的城区常住人口 100 万以上城市，铁路、高速公路、民航运输机场基本覆盖 20 万以上人口城市，城市轨道交通运营里程比 2015 年增长近一倍，油气主干管网快速发展，综合交通网总里程达到 540 万公里左右。

许多基础工程和公共产品，如果单纯从商业投资回报的角度，是不值得投资的，只有国家基于民生和长期发展战略才会投资。例如"国网阳光扶贫行动"：

村村通动力电工程，投资 86.2 亿元，新通动力电 6219 个村，改造动力电 15371 个村。

国家光伏扶贫项目接网工程，投资 3458 万元，完成光伏扶贫接网电源装机总容量 49 兆瓦，惠及贫困人口 9800 余户。

湖北、青海五县区定点扶贫光伏工程，投资 2.7 亿元，建成 7 座光伏扶贫电站，装机容量 29.8 兆瓦。（以上资料摘自：国家电网公司，国家电网公司 2016 社会责任报告，2 月 20 日。）

安全产品的最大贡献有两个，一个是建立和维护起经济发展所需要的市场体系；另一个是允许这个市场体系，自主地选择发展线路。

第一个容易理解，第二个经常被人忽视。观察印度尼西亚、马来西亚、韩国、智利、墨西哥、阿根廷等地区，就可以发现，它们的产业结构和经济发展线路是主要受制于本地区市场外资本和其他力量的，不能完全自主选择。事实上，苏联就曾经建议过中国不要发展自己的重工业，专心给它做配套，做好轻工业。

有些学者假设 1949 年中国与美国交好，然后会发展得更好，这样的假设很难判断，美国能不能让中国自主地选择发展线路？从澳大利亚、加拿大、韩国等国的发展情况来看，有极大的可能性是只被纳入美国的工业分工体系，成为它的配套或附庸。那么，就很难想象中国制造能有今天的成就和地位。

我们注意到，任何一种安全产品，必然伴随不同的产权形态，并且对这个安全产品之上的市场交易效率和成本起决定性的作用。因此，不能简单地拿 A 市场来说 B 市场不合理或不对，但我们可以比较 A 与 B 两个市场的总产出、效率和"油耗"（能耗、环境污染等）有什么具体的差异。

历史让中国经历了百年的屈辱，然后给了中国制造一条独特的发展道路。

事实上，除了英国、法国、德国、意大利、美国、俄罗斯和日本真正实现工业化并成为强国之外（欧洲一些小国受工业革命影响顺利迁移不算），另一个基本完成工业化的国家就是中国。而其他大部分国家和地区可能再也没有机会完成全面工业化的进程。对于澳大利亚和加拿大，我们可以把它们归结到英美的安全产品体系当中，而印度和墨西哥能否完成，还拭目以待。

从这个视角来说，我们中华民族可谓是多难之后的幸运，在最后的阶段，终于抓住了历史的伟大机遇。

第三，世界工业化进程表明，"现代公司"是工业化的主体，做强中国公司是做强中国制造的核心环节。

现代公司是市场交易的主体、技术的主要承载者、财富的主要创造者、工业化的主要推动者，不论是政府还是民间，都需要借助"公司"才能实现经济上的目标。

在我国，国家是创建公司主要来源，国有企业特别是央企是市场体系里最大的主体，民营公司和混合公司是越来越重要的角色。

"国企"、"央企"在中国工业里占据了顶部，也积累了大量资源，"中国制造2025"能否顺利实施，首先就看"国企"和"央企"。

中国石油和国家电网实力如下图：

资产规模（亿美元）

2015年与世界500强前10名企业资产规模对比

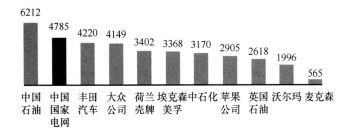

营业收入（亿美元）

2015年与世界500强前10名企业营业收入对比

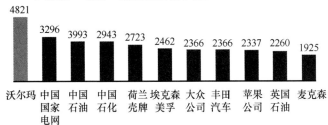

（图片来源：财富中文网，《财富》世界 500 强排行榜，2015 年 7 月 22 日。）

在率先完成工业化的 7 个国家里，几乎都有百年历史的公司，比如英国的罗伊斯.罗尔斯公司、荷兰的飞利浦公司、美国的 GE 公司、德国的西门子公司，还有数以千计的"隐形冠军"中小公司。

德国的 1000 多家"隐形冠军"企业，平均销售额 3 亿美元左右，员工数约为 3000 人，凭借自己的专业能力活跃在细分市场，全球市场占有率通常高达 70%～90%。以 Mobotix 为例，2015 年《商业周刊》曾评出 30 家最具实力、成长最快的德国中小企业，它排名第 3，2012 年的业绩是 8160 万欧元（约 6.72 亿元人民币），10 年平均年增长率为 39.14%，人均产值为 200 万元人民币，竞争力十分强大。[1]

世界制造业冠军企业国家分布

序号	国家	总数量	占比
1	德国	1307	47.75%
2	美国	366	13.37%
3	日本	220	8.04%
4	奥地利	116	4.24%
5	瑞士	110	4.02%
6	意大利	76	2.78%
7	法国	75	2.74%
8	中国	68	2.48%
9	英国	67	2.45%
10	瑞典	49	1.79%
合计		2454	89.66%

（资料来源：先进制造业，中国制造业皇冠上的明珠：104 家小而强的冠军企业，2017 年 2 月 8 日，http://www.amdaily.com/Policy/MadeChina/4802.html。）

迄今为止，中国有些公司的寿命依然短暂，一些企业不愿意和中国小微企业做生意，因为"担心它哪天就不存在了，它们都活得太短了"。数据显示，小微企业 5 年以上存活率不到 7%，民营企业平均寿命只有 3.7 年，中小企业平均寿命更是只有 2.5 年，能否打造一批"百年现代公司"，哪怕"20 年公司"，是我们需要

---

[1] 数据来源：哈佛商业评论，德国隐形冠军企业们的五大特点，2015 年。

重视的问题。[1]

国家在保证工业化的顺利实施后，以组建各种大型国有企业的形式在各行各业参与竞争，就其形式、效率和成果来说，是可以更多地探讨的。

作为中国特色市场体系的产物，"国企"和"央企"用历史的眼光考量，需要努力找到可持续、高效益发展的长期生存之路。

近年来，在"一带一路"政策指导下，许多央企开展了规模巨大的海外并购。数据表明，2016 年海外投资并购中，地方国企占 48.6%，央企占 27.6%，主要并购海外优质战略资产或重要的资源类资产，有助于提升我国国有企业的全球竞争力（注：10 亿美元以上的并购中，民企占 60%。）

但是，根据审计署 2014 年 6 月 20 日的审计报告，11 家央企 2012 年的财务收支存在不少问题。一些企业的海外并购遭遇了巨额亏损。毫无疑问，如何做大做强中国公司，包括国企、央企、民营公司，从而持续提升中国经济体的效率和产出，是实实在在的需求。

任何经济体系都需要解决效率与公平问题。如果经济体内，A 公司占用了大量资源，享受大量优惠，但是产出效率很低，就业福利很高；而 B 公司很难得到资源和优惠，产出效率很高，就业福利却很低。这就会造成问题。

---

[1] 数据来源：中国企业联合会研究部研究员刘兴国，中国企业平均寿命为什么短，经济日报。

　　一个问题是效率被 A 公司拉低，扭曲市场的资源配置。例如，A 公司把优秀人才和资金都积聚在手里，不干主业干其他，去做一些不增加核心竞争力的跨行业并购。

　　我们发现，不论国企还是民企，只要它得到类似的有利市场地位，占有大量资源和政策时，就都可能犯同样的错误。

　　另一个问题是产生寻租，从而诱发不公平。A 公司会利用自己的有利位置，形成"公司寻租"的现象，或者差的吃掉好的，然后把它做成和原来一样的低效率，进而降低整个市场的效率，加大整个市场的交易成本，比如连年亏损的某国有钢铁企业收购盈利的民营钢铁公司。

　　换句话说，做强做大"中国公司"的关键，不是去管它戴什么帽子，国有企业和民营企业都是市场的交易主体，都需要做大做强，关键在于优化市场资源配置的方法，资源配置规则、优惠条件等都是一样的。除了那些必须由国家兴办的工业，比如航天、芯片。

　　通信业当年的"巨大中华"形式下，有国有企业，有国有民营企业，也有完全民营的企业，相对来说，通信业没有过于照顾"国"字帽。加入 WTO 之后，整个通信业都面临同样的生存危机，大家都在同一起跑线上，而且都要非常严酷地直面摩托罗拉、北电网络、思科、朗讯、西门子、诺基亚、阿尔卡特、NEC 等国际巨头的重重压力。但是，最终，中兴和华为都成长了起来，通信业成为中国工业的骄傲，具备了全球竞争力。通信业早在吴基传任原信息产业部部长时代，就明确了让市场充分竞争、促进产业发展的基本原则，帮助培养了强大的中国本土公司。

家电行业也是如此，没有什么特别的资源倾斜和优惠，最终涌现出来美的、海尔、格力、海信、TCL、创维、方太等一大批非常优秀的中国公司，成为中国家电行业的脊梁。

相对来说，汽车工业享受了比较好的政策保护。对于一汽、二汽、上汽、长安、北汽、广汽、中国重汽、江淮汽车等企业，国家给予了一些政策、技术、资源等方面的优惠，中国又有着世界上最大的汽车市场，所以我们还在等待诞生出像通信和家电行业那样具有全球竞争力的中国汽车公司，发挥汽车工业的重大优势，拉动整个工业体系的进步。也期待更多像吉利汽车这样勇猛精进的民营公司，以自己的管理才干、商业技巧、投资策略等，通过反向收购沃尔沃品牌，实现产品和技术的整体跨越。

而在新能源汽车方面，政府一开始就采取了补贴等方法，扶持起一批中国公司，包括民营公司，但最终成效如何，能否与特斯拉、宝马等竞争，还需要冷静思考。事实上，这里面依靠补贴生存、甚至个别骗补的企业也存在，国家每年也在对一些不良企业进行处罚。

真正的将军，都是溅过血、杀出来的；强大的公司，都是竞争出来的。好的竞赛机制和游戏规则，自然能赛出优秀的选手。

历史足够长，长到足以提醒我们，在真实的商业历史里，从来都没有"诗歌与远方"，只有企业实力、现实与丛林法则；或许，偶尔满满情怀地来一声喟然的长叹，可以有。

我们期待，中国制造产生越来越多真正能征善战的工业巨子——中国的跨国公司。

二 理性地看待中国制造的实力

1. 中国制造的硬实力：大而不强

工业和信息化部部长苗圩概括了中国制造的硬实力：大而不强。要理性地看到，我们这个工业大国依然大而不强，许多关键技术、关键工艺都不能掌握，机床和材料技术也并不先进，信息社会最核心的硅工业更是差距巨大。

工业增加值至少有 40%是外资及外资相关企业生产的，其中大部分从事的是低附加值的生产，还是在为外国企业代工，许多代工企业只赚到了所在行业利润的 1.5%～3%，而其他利润主要被外国企业或品牌方拿走。许多基础工业的核心技术、高精尖的产品，我们还存在空白或者质量很低。

我国企业的一些关键材料还高度依赖进口，关键新材料自给率仅为 14%。以下这些现代工业最关键的核心材料，几乎都高度依赖进口：8in 和 12in 硅片、碳纤维、聚酰亚胺（PI）、聚酰胺（PA）、聚醚醚酮（PEEK）、铝合金汽车车身板、高温耐蚀合金、高纯金属靶材、航空钛合金、高端医用钛合金、碳化硅纤维、碳化硅陶瓷、电子陶瓷、对位芳纶、光学膜、高吸水性树脂（SAP）、聚对苯二甲酸丁二醇酯（PBT）、聚苯硫醚（PPS）、聚苯醚（PPO）、聚乳酸（PLA）、电子浆料、钛酸钡陶瓷、高性能铜合金、数码印花材料、特种玻璃、铁氧体磁性材料、阻燃剂、胶粘剂、LED荧光粉、聚氨乙烯（PVC）……

2016年1月23日，工业和信息化部官方网站正式发布《新材料产业发展指南》，指出了"十三五"期间新材料产业的三大发展方向：先进基础材料、关键战略材料和前沿新材料。

三大发展方向涉及的关键材料如下图所示：

（图片来源：微信公众号"新材料在线"。）

我国每年生产上万亿美元的电子产品，存储芯片 100% 依靠进口；离开存储芯片，我们几乎生产不出任何一台完整的手机、计算机、电视机、数码照相机。生产光纤光缆所需要的四氯化硅严重依赖欧洲和日本；手机玻璃、导电银浆严重依赖美国和日本。一旦失去电子工业，我们赖以自豪的互联网生态经济就彻底瘫痪，无法使用微博、微信和支付宝。

我国 99% 的汽车自动挡变速器和无级变速器专用链条、钢带依靠进口；高端机床全部依靠进口；90% 的高铁齿轮传动箱和 100% 的制动装置依靠进口。

我们制造了电热水壶 99% 的设备和零部件，但就是无法生产能自动跳闸断电的弹簧片，制造 100 把水壶，还不如英国制造一个小弹簧片的利润高。[1]

尽管我们是最大的钢铁生产国，但只是粗钢的大国，而生产粗钢的大型钢铁企业，可能 10 年的生产利润还不如生产一艘航空母舰用钢的利润大。像生产圆珠笔笔头用的不锈钢，我国在 2017 年 1 月 10 日才刚刚能制造，整个特种钢行业依然十分落后。小小的 M1 螺钉（精密仪器、各种电子产品常用）、工具钢、高温合金叶片、飞机起落架用的高强度钢、潜艇壳体钢、航空母舰甲板钢、桥梁拉索钢、电梯钢丝绳、剃须刀片用高质量马氏体不锈钢、优

---

[1] 数据来源：微信公众号"新材料在线"，盘点 100 大高度依赖进口材料，2016 年 6 月 2 日。

质汽车面板、家电面板、食品包装用深镀锡板、机器人用精密合金、各种新能源机械行业、高铁行业、风电行业的轴承钢……依然高度依赖进口。

上述还只是主要从材料角度来看，如果把现代工业赖以生存的先进设备、先进技术和工艺展开，我们的工业水平差距更大。

当然机会也多。

2. 中国制造的软实力不足

（1）中国制造业软实力不足的命门是各种标准存在后发劣势

讲这个问题前，先看看德国工业 4.0 到底想干什么。以西门子、大众汽车等为核心的德国工业，想干成体系化的工业标准，将工业标准用信息技术编制成网，每个节点都有标准，都不能绕过去。

工业 4.0 基于 9 项数字化工业技术，包括增材制造、现实增强技术、大数据分析、自动机器人、模拟技术、水平和垂直系统整合、工业互联网、网络安全和云计算。

工业 4.0 计划代表的是德国制造业的总和。德国机械工程学会 VDMA 有 3000 家企业，电子电气协会 ZVEI 有 1600 家企业，再加上德国信息业、电信和新媒体协会 BITKOM，覆盖了 5000

多家企业。德国的整合思路是基于 RAMI4 框架，要求企业遵循其中的标准，如价值流 Value Stream IEC 标准 62890 和系统控制 Hierarchy Levels IEC 标准 62264/61512。上述标准，要求从产品、现场设备、控制设备、车间、工厂、企业到外部连接都要遵循，同时在资产、集成、通信、信息流、功能和经营业务角度也予以统一。（资料来源：机械工程学会知识中心林雪萍，"中国制造 2025" V.S."工业 4.0 军团"，搜狐，2016 年 4 月 7 日。）

在工业 4.0 中，以西门子和大众汽车等大型公司为核心的 5000 多家德国会员企业，都会输出或建立自己的标准，形成工业标准的生态系统。对于这个基于标准的工业新生态系统，所有的中国制造业要么跟随，要么被甩出。

按波士顿咨询的观点，工业 4.0 将彻底改变设计、制造、运营以及产品服务和生产系统。零件、机器人和人之间的互联互动将使制造速度提高 30%、制造效率提升 25%，此外，大规模定制水平也将提升到一个新的高度。制造业将从孤立的自动化单元转化为整合的自动化设施，并且能够互相联通，从而提升制造系统的灵活性、速度、生产力和质量。以德国为例，未来 10 年，制造业的生产率提升成本将达到制造总成本的 5%～8%，总量相当于 900～1500 亿欧元；贡献德国 GDP 的 1%，创造 39 万个工作岗位，

增加投资额达 2500 亿欧元。（资料来源：美国波士顿咨询，2016 年 5 月研究报告
《工业 4.0 未来生产力与制造业发展前景》。）

与工业标准交相辉映的，是各种企业管理的标准，如科学
管理、全面质量管理 TQM、看板管理 JIT、软件成熟度标准
CMM、集成研发管理标准 IPD，产品质量认证体系标准 ISO9000
系列和 ISO14000 系列……这个时候，我们就看到中国制造业的
后发劣势。

作为最大的工业国，经历了曲折漫长的工业化过程，又创造
了巨大的经济奇迹，却缺少与这个体量相匹配的全球标准输出（少
数企业，如国家电网、华为和海尔，在这方面取得了进展），反映
了我们软实力的不足。

（2）中国制造业软实力不足的集中体现是产品主流品牌的缺位

打开国际最主流的 InterBrand 品牌排行榜，2015 年没有中国
产品品牌入选，2016 年仅 2 个。与此对应的是，我们是全球最大
的工业生产国。

美国是品牌管理产业最为发达的市场，知名的专业品牌管理
公司有 Iconix Brand Group 、Authentic Brands 、Sequential Brands
Group 和 Xcel Brands Inc，这四家公司合计拥有多达 74 个时尚和
生活方式品牌。

仅 Iconix 旗下，就有如下品牌。

（1）时尚品牌，Artful Dodger、Bongo、Buffalo David Bitton、Candies，Ecko Unltd.、Ed Hardy、Joe Boxer、Lee Cooper、London Fog、Marc Ecko Cut & Sew、Material Girl、Modern Amusement、Mossimo、Mudd、Nick Graham、Op、Rampage、Rocawear、Zoo York；

（2）家居品牌，Charisma、Fieldcrest、Royal Velvet、Sharper Image、Waverly；

（3）运动品牌，Danskin、Pony、Starter、Starter Black、Umbro；

（4）娱乐品牌，Peanuts、Strawberry Shortcake。

对于"中国制造"来说，主流品牌弱的一个很重要的原因是设计的落后。好的设计来自对各种时代的文化艺术与科技、工艺的高度综合，设计师不仅要熟悉产品的外观材料、色彩、造型，而且要理解生产制作的工艺、人机使用交互的界面与环境要求，更要对自己和所信仰的文化有充分的信心。

中国美术学院建筑艺术学院院长王澍直接描述了自己心中的设计师，他说道，希望培养"哲匠"精神的设计师，像哲人一样思考，像匠人一样动手。

150年前，中国的"哲匠"们对自己的设计和产品就拥有绝对的自信和自豪，"师傅"们匠心独运，他们就代表着品牌，"中国"二字就代表着品牌。

在漫长的农耕文明中，劳作者以他们的创造记录着历史，以他们平凡的伟业书写着人类的文明。他们"对自己的工作都是兢兢业业的，奴隶般地忠心耿耿"。早在《诗经》中，就把对骨器、象牙、玉石的加工形象地描述为"如切如磋"、"如琢如磨"。《论语》中对此十分肯定，朱熹在《论语》注释中解读为"治之已精，而益求其精也"；孙中山先生则将其扩展到整个近代工业，概括为"精益求精"。这种对工艺精细程度"没有最好，只有更好"的追求，与西方工业精神中"从99%到99.99%"的追求不谋而合。

受传统文化熏陶，中国工匠精神还有其独特内涵。有学者概括为"西人手工，匠心工致，依循几何物理，讲求机械规则。工能致用，理能推绎。中国手工，匠门意象，依天工而开物，观物象而抒臆，法自然以为师，毕纤毫而传神。"

精益求精的基础上，中国古代工匠匠心独运，把对自然的敬畏、对作品的虔敬、对使用者的将心比心，连同自己的揣摩感悟，倾注于一双巧手，让中国制造独具东方风韵，创造了令西方高山仰止的古代科技文明。曾侯乙编钟高超的铸造技术和良好的音乐性能，改写了世界音乐史，被中外专家学者称为稀世珍宝；北宋徽宗时烧制的汝瓷，其釉如"雨过天晴云破处"，"千峰碧波翠色来"，"似玉非玉而胜玉"，被称为"纵有家财万贯，不如汝瓷一片"。

天工开物，随物赋形。中国工匠精神附着于精美绝伦的作品，世代相传，成为中华民族对制造业的价值取向共识。如果我们承继这种东方智慧来支撑现代工业，应该会带来西方精准和东方诗意的美妙融合，成就中国制造业的独特风韵。（以上内容摘自：河南日报，重拾中国工匠精神——从点滴见闻再看制造业如何做强，2015年9月30日。）

某种意义上，工业设计的落后、自主核心技术的缺失、产品的粗糙、品牌的缺位，最终都会影响到每一个中国人，影响到人们的精神与思想世界，影响到人们的认知。

我国的工业设计与发达国家相比还存在较大差距。其原因主要来自三个方面。

首先，大量的OEM（代工生产）使企业不断丧失设计能力。在引进外资过程中，大量OEM生产虽然使我国产品出口总量大幅度上升、GDP迅速增长，但同时也使我国企业在产品设计中形成对国外的依赖。在一些产品中，即便是我国拥有自主知识产权，但核心设计仍然是从国外购买的，这在汽车、机械以及计算机等高新技术产业很普遍。许多大企业对设计缺乏专门的资金投入，更缺乏自己的设计师队伍。这也是产生引进—模仿—生产—再引进—再模仿的怪圈的原因。

其次，缺乏相应的资金投入和产业扶持政策。长期以来，工业设计在我国一直没有专门的政府管理部门，行业协会也基本处于松散状态，且资金来源严重不足。

最后，工业设计产业化程度低，工业设计人才匮乏。一方面是整个设计市场人才匮乏，另一方面是设计专业学生就业难，许多人改行从事其他工作，这反映了人才供求之间的矛盾。从工业设计专业公司来看，我国目前有数百家设计公司，但普遍总体规模小，基本处于散乱经营状态，且设计产品基本在低端，缺乏具有世界影响力的设计公司和设计师。(以上资料来源：北京工业设计促进中心陈东亮，中国工业设计产业发展的机遇与挑战，2010 年。)

制造业的软实力实际上就是中国的价值观、中国文化、中国的生活方式、中国人对未来的思考等思想文化方面的元素在制造业上的综合体现，特别是以"终极产品"的形式呈现在世人面前。

如果制造业软实力不足，主流品牌很少，领先标准不足，缺少先进管理思想输出，那么，我们就只能是世界的打工仔，甚至连打工仔的位置也会经常面临印度、越南、印度尼西亚和墨西哥的争抢！就不会有什么话语权和定价权，产业升级、先发优势、科技创新等重大策略的顺利实施都将严重受到阻碍。

产品是人们接触到的最真实的"精神与思想"，服务是人们接触到的最真实的"道德与价值"！人们对自己的国家、民族、产业、企业、科技、文化具有足够的信心，源自日常真真切切的产品和服务。如果一个消费者，他按一下国产开关就坏了，而他发现另一个德国的开关经久耐用，那么我们就不能指望和奢求他去说国产的好；说这个企业需要他支持和关爱，要求他忠诚于这个总是制造质量很差开关的企业。因为他作为消费者，保持理性是必然的，也需要维护自己的消费者权益。

对制造业最大的关爱，恰恰在于消费者对产品与服务的近乎苛刻的挑剔与选择。基于这种客户挑剔成长起来的制造业，也能够精准地传递出最好的人文价值与精神。我们去工厂，看到他们对客户需求的专注、对产品质量的追求、对进货的严格检验，就会在赞赏他们的基础上产生自律。

反过来，如果都如某些严重危害社会儿童健康的食品加工企业、医药生产企业那样胡作非为，泯灭的就不仅是一两个企业的良心，而是开启互害模式，可能最终误伤波及的就是对整个民族良知的抹黑。

软实力的分析往往来自制造业和工业化的发展历史以及它所取得的成就。我们通过历史回顾就可以知道，为什么我们的优秀制造业企业家群体绝大部分具有民族工业的情怀，以民族复兴为己任，以做成世界第一为终身奋斗目标；理解为什么我们的制造业会如此热爱出口创汇，为什么我们的企业总是把最好的产品给外国而不是国内。

某种意义上，这是部分人对中国制造缺乏信心造成的。

我们回顾中国工业化的进程，才能准确地理解我们的工业实力处在世界的什么位置，为什么当代中国还没能诞生强大的制造品牌，没有 GE、西门子、三菱、丰田那样的工业巨人；才能深刻体会，我们伟大民族千年的梦想，在 1840 年之后的 150 多年里经历了多少梦魇！我们的工业化与民族复兴梦想曾经的失散和断裂，以及所经历的挫折、教训和经验，在今天大到国家复兴、小到企业崛起的道路上，是多么的重要。

从物质到精神，中国制造需要同时具备硬实力和软实力这两种财富创造能力，二者缺一不可。所幸，我们看到一些优秀的央企，如中国中车（高铁）、国家电网，一些民营企业，如华为和方太，他们正在实现中国产品成为全球品牌的突破，开始引领中国品牌的群体性崛起。

农业时代，民以食为天。中国以农为本，基于农业社会的价值观与伦理道德在中国发展到了世界巅峰，成为几千年文明稳定与传承的精神脉络；工业时代，我们重塑现代中国的精神，理当重视中国制造。

依靠技术、产品和服务重塑中国精神，向世界传递中国价值理念，而不是打互联网的嘴炮，这是中国制造的力量之所在，也是中国制造的历史使命和责任担当。

第三节　回归制造业本质

《基业常青》一书中的一句话很到位："企业的利润就像人体需要的食物、氧气和水一样，没有它们就没有生命，但是这不是生命存在的目的和意义。但至少，获取利润，是企业的一个本质。"

理性回归的一个重要尺度是细分问题，回到制造业的本质规律来思考制造业的发展，回到企业的本质来思考企业如何做大、做强、做出品牌。

一 聚焦客户需求，细分生产

人类社会是高度分工的社会。因分工而富裕，因分工而进步。

作为中国历史上最富裕的朝代，宋朝的繁荣体现在商品经济高度发达，社会安定，手工业繁荣，社会分工精细，仅从《清明上河图》上就至少能找到 100 多个工种，机械、砖瓦、陶瓷、硫黄、烛、纸、兵器、火药、纺织、染色、制盐、采煤、榨油等生产技术高度发达。史书记载开封府（汴京）、杭州府（临安）的老百姓都广泛使用煤炭作为生活燃料。一个以煤炭为中心的产业链在宋朝是非常发达的，人们采煤、洗选、运输、制作、燃烧，做了大量的分工。与此同时，东南沿海的茶业、航运业十分兴旺。伴随着商品经济的高度繁荣，最早的纸币"交子"诞生，并开始大量使用。

现代社会更是一个高度精细分工的体系。而现代制造业的诞生，则与人类的科学技术体系密不可分。科学技术体系与制造业二者互相加深，不断细分，通过这种细分生产来满足人类的细分需求，正是迄今为止人类所发现的最有效率的方法。

制造业不断细分的结果是产生了以终端产品为核心的产业

链。21 世纪最热门的 18 个产业链是：汽车、手机、飞机、VR、新能源汽车、无人机、触屏、智能手表、行车记录仪、高铁、家居、建筑材料、LED、电池、OLED、膜、锂电池和机器人。

以手机产业链为例，又进一步细分为芯片、显示屏（触摸屏模组、LCD 显示模组）、电池（正极材料、负极材料、隔膜、电解液）、PCB、摄像头（滤光片、电动机、图像传感器、镜头）和结构件，每个细分领域都有 10 多家主要厂家和数十倍的小厂，最终细分到原料生产层。

2015 年 10 月，特斯拉汽车的 CEO 埃隆·马斯克在清华大学举办讲座，分享了自己的体会："我觉得物理，或者说科学更多是让你了解到世界本身的本质……随着我们学的越来越专，我们专业细分会越来越明显……物理之所以在反直觉的领域取得进步，就是把所有的事物拆开，拆到最本质的核心，然后你从那个地方开始思考，我想这应该说是唯一当你要了解新事物的时候可行的思考方法。"

对于如何通过细分发现本质，马斯克通过比较汽车工业和火箭工业二者的互补性指出："比方说对于火箭和汽车行业，汽车行业能够创造非常复杂的、以低廉的成本制造的复杂机械产品，所以你把制造技术运用到火箭行业方面是非常有用、有帮助的。另外一个方向是火箭行业对于减轻质量是非常在行的，把这个设计优势，应用到汽车行业中，你就能够制造自重更小的车，以此延长这个车的续航里程。"

"……你要找到这个行业最核心的本质是什么。"聚焦客户需求，通过细分发现本质，包括技术的本质和客户需求的本质，然后细分生产，以满足客户需求，这是制造业的首要本质。

中国制造的下一个阶段的机会来自广阔的内需市场，对细分需求缺乏足够重视和深度研究的企业，机会可能不会太多。

二　用产品赚取利润

GE 的前 CEO 杰克·韦尔奇基于全球商业市场实践，认为"商业的本质并没有因为互联网和科技而改变，工业时代应该遵循的基本商业规则，在今天仍然应该被传承"。

"专注于真正提升业绩的因素，解决日常琐碎的挑战；发现并释放公司的增长潜力；防止竞争失利，并在失利后恢复元气；理解和分析财务数据背后的真正含义……"

韦尔奇的"12 条"朴实无华，但是十分可惜，他过于侧重战略，没有从产品角度来给出指导。而我们知道，GE 之所以伟大，恰恰在于它的许多产品开启了伟大的时代。

1896 年，GE 成为道琼斯指数最初的 12 家成分股之一。在 GE 的历史里，为人类贡献了许多伟大的产品：电烤箱、双门电冰箱、全自动洗碗机、烤面包机、空调机、电视机、电气火车头、X 光机、日光灯、喷气式飞机引擎、民用雷达、核电厂……对许多人来说，GE 是制造业的代表，是优秀产品和科技创新的代名词。

中国制造需要回归到本质，不能满足于代工，也不能满足于依靠政府补贴和退税生存，或者继续大规模生产"山寨"产品，而是要沉下心来，认真地思考自己的产品，思考怎样做好自己的产品，思考怎样用自己的产品来赚取利润。

以马桶盖为例，普通的马桶盖几十元到 100 多元，日本的智能马桶盖 1000～3000 多元，其产品设计贴心、性能优越、质量可靠，真正从技术来看，没有什么门槛。人们发现后，赶紧也生产智能马桶，但各地几乎是一窝蜂地上马，各种中国生产的智能马桶盖铺天盖地，但是迄今为止，只有日本的马桶盖深入人心，真正获得了品牌溢价和超额利润。

制造业首先是做产品的，不是做模式的。用产品赚取利润，要求企业从客户细分、技术创新和产品设计等许多方面细分研究，将产品细分展开，从产品功能、外观、价格、质量、易购性、易使用、易维护、品牌调性等方面做出真正的竞争力。

手机工业把"产品为王"体现得淋漓尽致，在不同的价格带上，不同品牌的产品短兵厮杀，技术不断进步。消费者的需求、偏好成为手机产品改进的最主要驱动力，并因此推动了整个手机工业的变化。有些技术，如蓝宝石玻璃技术，因为太过昂贵，消费者并不买单，因此夭折。中兴、酷派、联想等手机因为产品竞争力弱而逐渐被华为、OPPO 和 VIVO 所取代，一些传统家电企业和互联网企业投入巨资做手机，产品反响平平，遭到巨额的损失。

2016 年第四季度，凭借高性能、出色的前置摄像头和快速充电等技术，OPPO 智能手机在中国市场继续维持冠军，位居全球第四；而同门兄弟 VIVO 则专注于质量、设计和品牌，排名全球第五，在印度市场，2016 年增长率为 363%。[1]

与此同时，由于"电池门"事件，三星手机失去了大批客户，失去了连坐 8 个季度的世界智能手机冠军宝座，苹果以 25.6 万部的微弱优势重新问鼎。

苹果手机几乎不做广告，只靠产品的设计、技术和客户体验，凭借全球 15%的手机销售量占据全球手机工业 90%的利润！

一些企业出于生存或快速做大的想法，钟爱广告营销和客户关系，钟爱政府补贴和出口退税，钟爱用资本运作的方法快速垄断行业。

一些企业钟爱广告，广告究竟能否造就长期品牌是可以探讨的。中央电视台曾经出现了许多"广告王"，如秦池、脑白金、洋河、乌鸡白凤丸……这其中有些产品和企业已经不存在了，或者在市场上不再为消费者所重视。在企业扩大销售和获取利润能力上，一旦产品不好，广告不一定能取得好的效果，有时

---

[1] 数据来源：赛迪网，智能手机销量苹果反超三星，2017 年 2 月 22 日。

还起反作用。

制造业不聚焦产品，聚焦什么呢！产品，才是制造业的核心，做好的产品，用产品赚取利润是制造业的本质。

三　不断创新

这几年，在新能源产业方面，中国依靠自主创新取得了不俗的业绩。在从传统能源体系向低碳能源体系转变，最终进入以可再生能源为主的可持续能源利用方面，我国已经成为世界能源转型重要的领导者，在风电、水电、太阳能方面不断进步。

目前，我国的光伏电池技术创新能力不断提升，创造了晶硅等新型技术的能源转换效率的世界纪录，光伏组件产量达到全球产量的 70%左右，技术进步和规模的扩大使光伏组件的价格下降了 60%以上。（摘自：中国光伏测试网，中国成为世界能源转型重要的领导者，2017 年 2 月 15 日。）

通过新能源产业的例子，我们试着重温一个朴素的经济学原理，从而理解为什么制造业需要不断地创新。

制造业的边际收益不断递减，可能是消费者偏好变化引起的，可能是规模化生产、市场竞争等因素引起的，也可能是替代产品、颠覆性技术引起的。典型特征是产品价格的不断下降，例如上述光伏组件价格的不断下降（大约 5 年下降了 60%）。

因此，制造业若想生存，就需要不断地创新，从而在零利润到来之前找到新的商业机会和增长点。

这种创新可以是不断的细分创新，比如首饰加工工业在设计、切割、成型、钻孔、打磨、抛光等方面的不断细化，服装业在纺织原料、针织、纺织、浆洗、面料设计（密度、柔软、亮光、防水、透气、保暖）、款式设计、打版、裁剪、缝纫等方面的不断推陈出新；可以是不断地提升改良创新，比如电子工业遵循"摩尔定律"不断提升存储容量和芯片性能；也可以是颠覆式的创新，比如照明行业，特斯拉采用交流电系统对爱迪生的直流电系统的替代，数码照相机对胶卷相机的替代，等等。

改革开放 30 多年来，中国的彩电更新换代了无数次，屏幕越来越大、越来越薄，从 14in 到超过 70in，质量越来越轻，图像越来越清晰，色彩越来越鲜艳，控制越来越人性化，安装越来越多样化，彰显了技术的进步。从显示器到主板，从金属外壳到塑料外壳，从手动控制到遥控，从天线信号接收到有线信号接收，从有线信号到网络信号……正是在一轮又一轮的更新换代里，在一波一波的不断创新中，彩电制造业不断发展，逐渐打败了许多外国品牌，在中国市场和部分亚非拉市场占据主导地位。

迄今为止，工业文明是最富活力和创造性的文明。《第三次浪潮》的作者托夫勒认为，工业社会是唯一依赖持续的经济增长而生存的社会，工业社会要求财富不断增长，而创新是财富不断增长的核心机制，是工业社会生死攸关的基础。

站在技术的制高点、全球经济食物链顶端的是美国，经济几经沉浮，但总能峰回路转，关键原因就在于不断地进行技术创新，20 世纪 60 年代的半导体、70 年代的处理器、80 年代的软件、90 年代的互联网，进入 21 世纪以来则是人工智能。

以色列的国土面积和北京差不多，人口不到北京的一半，但在纳斯达克的上市公司数量却仅次于美国和中国，超过整个欧洲所有国家的总和。如今的以色列，是网络信息安全的全球领先者，无人机行业的先驱，医学影像、农业滴灌技术的鼻祖。

以色列自立国就不停地与周边国家打仗，却能在科技创新上如此成功，主要得益于政府以及风险投资对科技创新的支持。2008 年，以色列人均的 VC 投资额就是美国的 2.5 倍、欧洲的 30 多倍、中国的 80 多倍、印度的 350 多倍。[1]

以色列的例子告诉我们：只有不断创新，社会才能不断进步。

相比外国，中国企业的自主创新道路显得艰难和曲折，似乎经常偏离正常的轨道，像新能源产业这样的创新例子还是太少，各行各业真正依靠技术创新保持竞争力的企业只是凤毛麟角。

---

[1] 数据来源：微信订阅号"以色列计划[Israel Plan]"。

改革开放 30 多年来，尽管面临许多技术贸易限制与制裁，我国仍一直在共享先进国家的创新成果，企业的新技术、新产品基本上是通过引进国外先进技术，再进行复制模仿、工艺创新、产品改良等局部创新实现的。但最近三五年，缺乏核心技术和系统技术供给，逐渐难以为继。

如何持续不断地创新，路径是什么，怎样才算最佳实践，仍然是亟待探索的领域。

第四节　回归文明

古老的中华文明曾经是世界文明的巅峰之一，我们是殷商的子民，"商人"曾是古中国人的代称。

孔子说："人而无信，不知其可也；大车无輗，小车无軏，其何以行之哉？"长期以来，我国把诚信的政府、诚信的社会、诚信的民风看作社会稳定的基础，"诚信真善"、"义利并举"、"以德治商"是中华古代商业理念的核心内涵。

600 多年前，王阳明就提出了比"不作恶"更高层次的"致良知"，认为"良知者，心之本体，即前所谓恒照者也"，并且在明代之后，"致良知"成为一代又一代有识中国商人的追求。

现代社会，市场经济是一种信用经济，它不仅表现为将诚信交易作为市场的基础，而且将诚信理念作为现代文明的基本价值观，成为衡量现代企业和人文明进步的尺度。

当代美国企业家群体不仅关注人类美好生活的创造，而且提倡减轻人类的痛苦，并把这种理念作为新商业文明的主要基础。

新商业文明的价值内涵已经不仅停留在交易与行为层面，而是和古老中华文明的商业内涵一样，成为企业家作为人类一员的价值追求与践行的社会责任，许多企业家作出了表率。

1999 年，盖茨和他的妻子把威廉·H. 盖茨基金会更名为"比尔·梅琳达-盖茨基金会"，并表示该基金会的宗旨是：减少全球存在的不平等现象。2006 年 6 月 26 日，在得到好友巴菲特 300 多亿美元的捐款后，比尔·梅琳达-盖茨基金会资金规模扩大了一倍，并成为全球第一大慈善基金会。

位居《福布斯》杂志 2016 年度"美国 400 富豪榜"第四位的马克·扎克伯格，早在 2015 年 12 月 2 日就宣布把拥有的 99%（价值 450 亿美元，约 2879 亿元人民币）的股票捐出来建立"扎克伯格–陈计划"（"Chan Zuckerberg Initiative"）基金，用在扫清不平等、治疗疾病等改变人类下一代的项目中。

而谷歌创始人则明确提出"不作恶"企业宗旨（The perfect search engine, do not be evil），并一直沿用。谷歌希望人们拥抱现实而美好的生活，提倡不要留恋网络，用完即走。2012 年 8 月，谷歌推出"死后福利"——谷歌员工因意外去世后，其配偶可以在 10 年内继续领取去世员工生前 50%的薪水。

我国是世界第一大工业国和第一大贸易国，是全球三分之二以上国家的最大贸易合作伙伴，因此，率先国际化的中国企业就率先承担着直接向世界展示传递中国的理念和价值、展示中国商业文明的重任。

相比英美的企业和日本的企业，中国企业的国际化进展显得艰难而步履蹒跚。语言是其中的因素之一，文化是背后的核心因素，而商业开拓的方法、产品品质和服务理念，是文化的核心承载，是影响的根因。

迄今为止，我国真正成功国际化的企业寥寥无几，华为是其中的一家，其 72%以上的收入和利润来自海外，真正赢得了全球范围内的商业尊敬。

但更多的中国企业则在国际市场上遭遇各种困难，其中大部分是由于不熟悉国际商业惯例而导致的，也有少部分是因为把在国内的一些不良做法带到了国外，造成了问题。

中山古镇是世界最大的灯具生产基地，大约生产了全球60%～70%的灯具，但是，对代表世界最高级别的米兰灯具展，中山古镇的企业努力了 10 多年，想尽了各种办法，甚至愿意付高额的参展费，意大利方面始终不给中国企业参展的入门券。而令人感慨的是，米兰展会中参展的欧美企业，它们的许多参展灯具就是古镇生产的，但没有任何一家古镇的企业能够获准以企业身份参展。究其原因，在于米兰展会方面对于中国企业的一些特别"照顾"。

灯是一种颇具"文化"含量的产品，古镇生产的灯具，质量精良，有些甚至按照西方习俗和审美习惯来制造，但是企业仍然不受待见，这样的遭遇耐人寻味。

一些制造企业参加美国的电子展览，因为知识产权问题被撤展和罚款，而一些企业即使进入像印度这样的非发达国家市场，也遭到知识产权的诉讼；一些企业在用人方面存在性别歧视、不尊重宗教习惯等情况，也遭遇了不少困扰。

作为全球化红利的获得者和支持者之一，在制造业的复兴与崛起的同时，我们要留意到，国际工商业界对"中国制造"的抵触、排斥、歧视和妖魔化，除了他们与中国公司商业竞争的失利与挫败因素外，还有部分原因的确是个别中国公司的某些做法有悖国际商业的一些基本要求。

文明，从来都不是抽象的东西，比如，"男女分厕"是生活文明的常识，垃圾分类处理是生态环境文明的基本体现。文明，更多体现的是人性的素养。

生存困难，不是不需要"商业文明"的理由。1984 年，青岛电冰箱厂砸掉了不合格的冰箱，当时工厂生存十分困难，却毅然"砸出"了自己的品牌价值，砸开了企业生存的大道。如果张瑞敏按照当时普遍的理念，"要节约"、"修一下就好了"……那么就不会有后来的海尔公司。

践行商业文明，首先是在企业内部，最终会体现在企业外部，从供应商到客户的层层传递，企业的各种行动依靠的是内部的每一个员工，内部有怎样的商业文化，对外就体现为什么样的产品和服务。

一些企业在用人方面只关注产量和成本，缺少安全与健康基本底线，工人长期超负荷工作或在无防护的恶劣环境（如辐射、有毒、尘埃等）里工作；有的把因工作生病或受伤的员工予以解聘；有的使用童工……

一些企业内部文化在诚信与反舞弊方面存在严重缺失，对社会在义务与公益方面的责任缺位最终会变为对客户的不尽责，会从根本上影响企业声誉和竞争力。

少数企业的自身产品质量一直不过关，几十年来不思进取，产品改进非常有限，产品主要靠"山寨外国壳子"，销售主要靠补贴政策、政府采购，产品缺乏竞争力，能耗高、维护成本高，却希望国内消费者高价买单，这事实上是在坑害消费者和整个行业。

"商场如战场"，不少行业内，总有个别企业采用恶性手段搞坏整个市场，后果是大家都无利可图，不做又不行，成为鸡肋。

2017 年任正非专门在消费者业务上提出了"和谐、共赢、竞争、合作"的策略，反对恶性商业竞争。

文明是抽象概念，却摸得着看得见，是一大堆明规则和潜规则的组合，最终被全社会共同遵守和实践，然后以公共/企业/私人的素养、习惯、产品、服务的形态呈现。

制造业回归文明，不是为了伟大或崇高，相反，朴素而单纯地，仅仅因为我们都是人类大家庭的成员。只有回归基本商业文明，尤其是基于诚信的回归，中国制造业才能做出真正的好产品和好服务。具有最强的软实力，企业才能培育出真正的行业领导力和号召力。

当代企业的"迷茫"，不仅是对未来发展方向的迷茫，也是对具有领导力的商业文明路在何方的迷茫。越来越多"中国"的企业会发展成为"世界"的企业，它们能成为世界行业的真正领导者吗？人们拭目以待。

我相信王阳明的"致良知"将给予中国制造深厚的精神力量，中国下一个百年的凯歌里，将更具世界商业文明的领导力。

一些非制造领域的中国企业，已经在先行。比如中国互联网的领军者腾讯，过世员工的家属同样可以领半薪10年。不一样的是，如果该员工有孩子，每多一个孩子额度会有额外增加，每个孩子增加12个月的月薪。在具体发放上，一部分一次性支付，因为发生不幸时，家人会需要用钱；另一部分，腾讯会通过信托公司处理。腾讯公司的人文关怀代表了一个积极的方向。

中国企业家一定能再次创造领先的中国工商业文明。中国也会有自己的"沃伦·巴菲特"、"比尔·盖茨"、"马克·扎克伯格"、"埃隆·马斯克"，不仅领导着伟大的公司，丰富人们的生活，而且引领着人类共同的良知。

中国制造，谁是草莽问苍天，谁是英雄寻大路。构建由中国主导的新商业文明时代，是未来中国制造和中国企业家的使命。

第三章

舍 弃

回归，方能舍弃，不立而不破。

危机时代，喧嚣往往淹没理性，既然"危有所在"，自当有所为有所不为，这个"不为"，用"舍弃"来得更利索。

舍弃，需要深刻的商业洞察，也需要终极的人文关怀，更需要和国家战略保持高度一致；而真正舍弃的那一刻，需要企业家的智慧和勇气，需要全社会共同的责任担当。

血与火的百年苦难教训告诉了我们需要舍弃的究竟是什么。

企业关键核心技术、关键部件、关键材料长期受制于人，长期以来，许多企业只能沦为血汗代工工厂的现实也告诉我们，落后的经营观念和落后的生产方式需要舍弃。

要舍弃的，首先是海禁、封锁、自我封闭、固步自封、反全球化这样的思想观念；要舍弃的，是阻碍、危害中国制造生存和进步的东西；要舍弃的，是阻碍我们思想进步的藩篱；要舍弃的，是阻碍我们继续工业化、现代化，影响伟大的中国梦实现的各种人为障碍。

真正有使命感的人，勇于舍弃，也会明智舍弃。

第一节　两双红舞鞋

有些美丽而有毒的诱惑，仿佛童话故事里的红舞鞋，一旦穿上就再难脱下，企业家只能不停地与"狼"共舞，最终可能摧毁辛辛苦苦创建的事业，只留下一地鸡毛。

最常见的红舞鞋有两双。

一 第一双，"长期超行业平均水平高增长"

这是最典型的一类诱惑，有时称之为"增长饥渴"或"病毒式增长上瘾"。其成因比较多样化，可能来自资本的压力，可能来自行政的压力，也可能是企业自身股东或管理层的原因。

它的第一个特点就是对高增长的刚性诉求，在经济上行周期，整个行业上下游都高速增长时，它增长得更快；而在经济下行周期，客户、同行都微增长或停止增长，甚至衰退时，它还要求高增长。

第二个特点是它对高毛利率的刚性诉求。

高增长和高毛利率这两大诉求经常会迫使企业自身采用大量超常规的发展手段，甚至拔苗助长的方法。

比如通信行业，从 2G 到 3G，从 3G 到 4G 和 5G，消费者需要不停地为技术更新换代买单。有统计显示，10 年来中国人花在手机和通信上的总消费，甚至超过了汽车的消费。

穿上这双红舞鞋之后，往往意味着企业以远远高过社会平均水平的薪酬福利来吸引和聚集人才，形成人才红利。典型特征就是一些通信企业去大学招聘时，不问成绩和品德，以年级为单位包揽毕业生。

但当高增长和高毛利率不可持续时，其人均薪酬将迅速变得不可维持，而迫使企业采取特殊方法来维持增长。典型的方法包括大规模裁撤老员工、提前退休、改革原有的股权结构和薪酬结构等。

对处在"弯道超车"和"转型升级"阶段的中国企业来说，很难抵制住这双红舞鞋的诱惑。它有点像运动员的兴奋剂。

这双红舞鞋之所以需要极其理性、极其谨慎地对待，在于它违反了人类的社会经济发展规律和人类劳动的规律。社会经济的一大特点是其周期性，增长和衰退皆有可能；人类劳动的规律则在于需要劳逸结合，健康、工作和生活的平衡，不能一味地高强度工作。

一些百年企业（如美国艾默生）提倡稳健、均衡的增长，其道理即在此。

不仅是制造业，近年来，许多初创型互联网企业更是恨不得一夜暴富，市值增长 100 倍、1000 倍甚至 10000 倍，增长无极限。静下心来想想，这何尝不是人性的贪婪使然？

二 第二双，"一切只为了上市和市值"

这种情况的主要原因是为了快速圈钱，算得上是致富的

"速成班"，既是一些创业者的动机所在，也是一些资本的蛊惑使然。

其典型特征是上市时超乎寻常的估值，比如上百倍的 PE，以及解禁期刚到的高管抛售狂潮。

这种制造，制造的多是资本的神话故事和散户的血泪。某种意义上，财务管理理论的"股东价值最大化"是有局限的，其道理即在此。

对于制造业来说，其"速成"的结果是，在技术、人才、产品方面都很难留下足够的发展积累。而最大的危害在于，它树立了很坏的榜样，让许多真正埋头创造财富的工作者失去了机会或希望，或者诱导他们放弃当耕耘者、创造者，也选择只去做一个财富的投资者。结果，大家都玩"金融"，而这种"金融"一般都是高利贷，它们的大量涌现危害了正常的金融秩序，比如我国大量存在的"影子银行"和"影子债务"。

制造业或许是一个最需要耐得住寂寞的行业，情怀在这里是低调的，连财富本身也是低调的。这双红舞鞋不让制造业低调，要制造业"与狼共舞"、"脉脉情深"。

穿上这双红舞鞋后，在资本催生中长大的中国企业往往选择多元化，什么赚钱就装什么，买买买，持续做大市值，特别是跨界经营和搞房地产，大家都关心数字上的财富游戏，而不再聚焦制造业本身的发展。

苹果、英特尔、思科、微软、IBM、GE、西门子、飞利浦、丰田、罗·罗……这些公司为什么常青？许多公司为什么不上市照样成为冠军？多元化的公司为什么在欧美股票市场不受待见？只做手机的苹果为什么市值长期名列美股三甲？个中缘由，值得我们更深层地反思。

还有其他各种形式的"红舞鞋"，留待大家共同思考。

第二节 "美丽共识"和"先进理论"

1990 年的"华盛顿共识"，是美国为主的西方发达国家开给新兴国家的药方。"华盛顿共识"主要包括压缩财政赤字、重视基建、降低边际税率、实施利率市场化、采用具有竞争力的汇率制度、实施贸易自由化、放松对外资的限制、实施国有企业私有化等十大方面。主要是五个样板点：其一是阿根廷，其二是 20 世纪 90 年代的俄罗斯，其三是东南亚的印尼和泰国，其四是埃及，其五是希腊。

在"华盛顿共识"推行的初期，这些国家和地区都燃起了美丽的梦想，特别是阿根廷和俄罗斯，人们幻想着早日过上美式的生活，住着别墅，开着皮卡，医疗充足，到处旅游。

1900 年，阿根廷的人均国民生产总值（GDP）是日本的 2 倍，略高于芬兰和挪威，略低于意大利和瑞典。1913 年，阿根廷的人均收入为 3797 美元，高于法国的 3485 美元和德国的 3648 美元。但 1930 年发生政变以后，阿根廷结束了 70 年的政治稳定局面，经济发展也受到严重影响。但即便如此，1950 年阿根廷的富裕程度仍领先于日本，与意大利、奥地利和德国大致相当。（摘自：观察者，林书友，那些年被新自由主义经济政策坑过的国家，2016 年 6 月 12 日。）

阿根廷在 1989 年通过了《国家改革法》和《经济紧急状态法》，规定对国有大型企业推行大规模的私有化运动。阿根廷的私有化纲领是经济更广泛开放的一整套计划中的一部分，其目的是通过私有化使阿根廷成为吸引外国资本的一个热点。

阿根廷对公共部门的私有化既迅速又彻底，在不到 3 年的时间里多数国有企业被卖掉。社会保障体系也部分私有化和解除管制，农业经济也不再受官方控制，撤销 20 世纪 30 年代成立的农业委员会。

大规模私有化导致国内实际工资普遍下降，进一步从总体上弱化了阿根廷经济。私有化并没有带来效率的上升，与科斯的产权理论的预言相反，阿根廷经济的效率总体上在私有化后下降，并进一步引发了恶性通货膨胀。1989 年阿根廷消费物价上涨 5000%。

2001 年年底，阿根廷爆发震惊世界的经济危机，10 年盘点下来，阿根廷欠巨额外债 1300 多亿美元；巨额财政赤字造成财政崩溃；社会分化、全国 30%人口陷于贫困，失业率超过 20%。如今的阿根廷，是拉丁美洲最贫穷的国家之一。（摘自：观察者，林书友，那些年被新自由主义经济政策坑过的国家，2016 年 6 月 12 日。）

一曲活生生的《阿根廷，别再为我哭泣》。

而整个拉丁美洲，基于华盛顿共识，推行"去工业化"、"去制造化"，社会经济发展可谓跌宕起伏。

进入 21 世纪以来，受到市场的利好因素刺激，巴西、阿根廷、智利、秘鲁等初级产品出口大国通过一系列产业刺激政策，加大了对采掘业和初级产品加工业的投资力度。与此相比，制造业的受重视程度不断下降，融资成本和税收压力的居高不下使得制造业出现了不同程度的萎缩。

根据联合国拉丁美洲和加勒比经济委员会统计数据，2001—2011 年期间，拉丁美洲初级产品出口额在总出口额中的比重上升了近 20 个百分点：2001 年为 41.1%，而到了 2011 年，猛增至 60.7%。

以巴西为例，根据世界银行公布的数据，2012 年巴西制造业产值仅占 GDP 总量的 13%，而在 20 世纪 80 年代，这一占比一直维持在 30%以上。1995 年开始，巴西制造业产值占比开始跌落至 20%以下，近年还在持续下滑。巴西，显然要与第四次工业革命失之交臂。

实施"华盛顿共识"的其他国家，如俄罗斯、埃及，所遇到的经济衰退或经济危机都成为前车之鉴。特别是俄罗斯，作为曾经的世界第二大工业国，如今整个国家的 GDP 尚不及中国广东省，令人扼腕叹息。

类似"华盛顿共识"的"美丽共识"很多，比如各方热议的"土地私有化"问题。就人类社会发展的历史来看，它也是一个"共识"，但目前却很难按过去处理共识的方法来处理。在现阶段，如果我们过于纠结，采取的措施过于激进，就可能适得其反，将其中蕴藏的巨大的风险释放出来。而我们原来看起来"僵化"的管控，实际上可能不是想象的那么差。

对许多"美丽共识"和"先进理论"，从道理来说，削足适履也不是没有成功的先例，但实践是检验真理的唯一标准，前面那么多国家都失败了，我们是否还值得冒险去再当一次小白鼠？中国巨人的脚显然更大，它大到鞋匠难以想象的程度！

让巨人削足适履会发生怎样的社会经济问题，不管是哈佛的经济学家还是联合国的经济官员，谁都不敢预测，也没办法根据预测来决策，来推行"共识"和"理论"，因为它关系到 13 亿中国人及其子孙后代的福祉。

在一系列实施"华盛顿共识"的国家都失败的情况下，舍弃显然是明智之举，至少不会有什么损失。

当然，中国足够大，对于西方主流经济学家的许多建议，西方发达经济体提出或达成的"共识"，舍弃并不一定意味着全面拒绝，在几个小地方测试、研究、总结、包容它，也不失为一个好办法。

有时候，包容是最好的舍弃，足够大而足够包容，或许是舍弃的上层境界。

总体来说，你打你的，我忙我的，适合自己的，才是好的。

第三节　日本公司的枷锁

想想日本明治维新后的种种国家行为，真是感慨万千。

1868 年，日本开始"明治维新"，经过 20 多年的发展，国力日渐强盛，先后废除了幕府时代与西方各国签订的一系列不平等条约，重新夺回了国家主权，最终进入近代化。"明治维新"是日本历史的转折点，日本从此走上独立发展的道路，并迅速成长为亚洲强国和世界强国，同时走上侵略扩张的道路。

第二次世界大战后，日本再次成为大工业时代的标兵，但是，传统的产能过剩和新增的官僚政治、全球化、金融化造成了自 1990 年以来长达 20 年的经济发展停滞。

日本经济在高速发展阶段有过三大景气时期，分别是神武景气、岩户景气和伊奘诺景气。

神武景气（1954 年 11 月—1957 年 6 月）：景气持续了 31 个月，实际经济增长率为 1956 年 7.5%、1957 年 7.8%、1958 年 6.2%。

岩户景气（1959 年 4 月—1962 年 10 月）：景气持续 42 个月，1959、1960、1961 年度的实际经济增长率分别达到了 9.4%、13.1% 和 11.9%，1962 年降为 8.6%。

伊奘诺景气（1965 年 11 月—1970 年 7 月）：景气持续时间为 57 个月，1966—1970 年度，实际年经济增长率分别为 10.2%、11.1%、11.9%、12.0%、10.3%，1971 年降为 4.4%。（摘自：人民网，日本战后经济发展的历程（1945—2008），2013 年 2 月 1 日。）

20 世纪 80 年代，日本经济极盛时，把汽车行业占领了，家电行业也占领了，还买了很多美国标志性的房地产，甚至仅靠东京的房地产就可以买下半个美国，有统计说美国在 80 年代损失了 5000 万个工作岗位。

如此长时间持续的高速经济增长，不仅在日本历史上是罕见的，而且在发达资本主义国家历史上也是绝无仅有的。由于伊奘诺景气的出现，日本经济高速增长达到了光辉的顶点。

但是，广场协议之后，日本陷入了长达 20 多年的衰退，成为日本经济的锁链。

韦伟强在《日本经济发展、停滞原因及对中国经济的启示》一文中指出，造成 20 世纪 90 年代后日本经济停滞的主要原因是：

第一，日本政府主导型不完全竞争体制的缺陷。主要表现为政府强有力的行政主导和干预导致市场机制失灵并形成官商勾结、集团内企业互相持股使得经济中内在的互相监督机制失灵，以及由前两者产生的巨额银行坏账问题。

第二，日本适应性的体制创新和技术创新不足。日本经济、技术与欧美的差距缩小，但在新技术的研发和创新方面仍然存在差距；在实体经济利润率不足的情况下，过剩的资金涌向房地产、股票和其他金融资产，造成泡沫。

第三，日本的经济出现"体制性疲劳"，不能完成"新经济的转型"。日本传统的社会政治经济结构为"政治家-财团-官僚"铁三角，国家施政以产业为中心，偏离了消费者和整个国民的利益。日本计划和市场混合型的体制，属于赶超型的而非自由市场竞争型的体制，存在行政干预度、管制太严、太僵化，束缚民间活力和能力，过度依赖国债，坏账上市等阻碍。（摘自：韦伟强，日本经济发展、停滞原因及对中国经济的启示，东南亚纵横，2006 年。）

尽管日本制造业存在一些难以治愈的顽疾，日本仍拥有世界上最强大的微小的世界顶尖企业群体（德国称之为"隐形冠军企业"），使它一直保持着基础工业的领先地位。中国的高端制造业一旦离开这些日本企业（包括德国），竞争力就会大大下降。

日本基本缺失了整个互联网时代，但进入人工智能时代后，日本想说"不"，希望通过 IVRA（工业价值链参考架构）实现再次跨越。

IVRA 的核心在于，除了考虑企业内部的互联互通，日本试图打造一个将企业相互连通起来的生态系统，从而实现企业集体受益。它主要考虑日本制造业的股权特点和技术优势，基于日本的物联网 IoT 和机器人战略提出，希望通过 IVI（工业价值链促进会）形成"民间引领制造业"的格局。

中国制造在借鉴日本的经验教训方面，有两个层面的含义。

（1）第一层面是防止日本式的危机、日本公司的枷锁在我国和我国企业重演。

（2）第二层面是在具体运作层面既要借鉴先进经验，也要预防失败教训，根本原因在于我们缺乏日本那种长期的、几十年如一日的专注于某个细分领域的微小企业群体，技术层面仍然存在较大差距；就股权结构而言，区别于日本企业的互相参股，中国企业在产业生态的构建方面和外部竞争压力（如价格战）协同方面，也会存在一定的困难。

第四节 高昂的"低成本"

过去 30 多年，中国制造用自己的低成本优势发展成为工业大国，许多企业凭着低成本取得商业成功。

但有些看起来的低成本或者我们过去熟悉的低成本，如果放在更综合的视角，如果基于更长远的客户价值考虑，实际上是高昂的成本，需要舍弃。舍弃哪些"低成本"？主要有三类：

第一类，违反经济规律和常识的投资、生产与管理；

第二类，忽视行业可持续发展的投资与生产；

第三类，忽视生态与环境可持续发展的投资与生产。

一 违反经济规律和常识的投资、生产与管理

1. 在刚性计划或业绩 KPI 压力下不顾实际需求扩大投资与生产

（1）宏观层面

最主要体现为一些运动式的、投资主导下的工业布局与生产。

由于决策时难以准确预见未来的变化，一些决策容易过于乐观，造成投资与生产方面的问题。

钢铁、水泥、电解铝、玻璃、煤炭、重化工这些投资快、生产快、生产金额高的行业经常成为首选；而即使像水电站、风电、新能源汽车、机器人工厂、生物制药这样的科技含量较高的项目，也容易产生过剩；甚至物联网和云服务这样的先进产业，也如同春笋一般；高端住宅，不仅能够迅速提高 GDP，还能迅速改善地方财政收入，也容易发生上述现象。

以钢铁和煤炭为例，2017 年 1 月末，国务院总理李克强在《彭博商业周刊》发表了题为《开放经济造福世界》的署名文章，在提及供给侧结构性改革时指出，2016 年中国分别压减了 6500 万吨和 2.9 亿吨以上的落后过剩钢铁和煤炭产能，为此将有 70 万名相关从业者转岗。文中明确了中国的去产能路线图：计划在 3～5 年内，钢铁、煤炭产能分别压减 1.4 亿吨和 8 亿吨，使相关行业恢复健康的基本面。

这种违反经济规律的投资与生产虽然能拉高 GDP 指标总量，但由于其效益低下，甚至产能闲置，必然拉低 GDP 的质量。

评估 GDP 的质量有一个直观的方法，就是在税制相同的情况下，测算它的 GDP 含税量（实际上就是交国税金额），如果严重低于平均水平，自然反映出质量不好；而含税量高的 GDP，其质量必然较高。例如下表：

（单位：万元）

地　　区	2016 年 GDP	国　　税	含 税 比 例
上海	27466	8800	32%
北京	24899	7831	31%
深圳	19492	4421	23%
广州	19611	3152	16%
天津	17885	1727	10%
重庆	17559	1487	8%
长沙	9324	391	4%
西安	6257	525	8%

（资料来源：中国国家统计局，www.stats.gov.cn。）

如果是出于就业目标而扩大 GDP，那么还可以增加测评当地人均产值、人均国税等指标，后者主要通过税收中的个人所得税体现。

（2）微观层面

一些企业为了追求业绩，宁愿多交税，虚增合同，提前安排生产，提前备货，提前发货，提前开票，结果应收账款增加、坏账增加、库存增加、呆死库存增加，并且浪费人力、物力。

企业只考核销售发货额、出货量、销售收入，而不考核销售回款和毛利率，也容易造成此类问题。手机、图书、服装、家电等采用线下渠道销售模式的行业，经常难以避免。

一家企业这么做，很快会被全行业效仿，并且可能成为一种市场竞争策略，因为不这么做，就可能无法生存或者丢失来年的市场份额。

有些企业推行了"借货销售"模式，在样机阶段或客户未产生需求的阶段，就推行了"借货销售"，表面看有效刺激了市场，长期来看，会造成很大的问题。

我们研究一些行业，其库存的主要部分往往是渠道库存或销售库存，这些企业的退货和存货跌价损失往往十分惊人，其利润率往往深受其害，而部分企业则还伴随着大量生产库存，这些库存都造成了严重的浪费和资金占用，是伪需求，是不折不扣的不经济的"低成本"吞金兽。

微观企业的浪费比较容易测评，一般用销售回款比例、销售毛利率、人均利润来衡量。

不管宏观层面还是微观层面，我们究竟该怎样理性地审视和对待刚性计划和KPI？

其合理之处在于，对于正在弯道超车的企业，对于后发追赶的地区，带牵引性的KPI的确能提升经济组织的产出，提高发展速度，从而缩小与目标的差距。

其不合理之处在于，容易造成生产浪费和舞弊，容易形成以GDP或以KPI等指标为唯一标杆，忽视全面的健康发展。

就像跑步，你想快速追上别人，就要跑得更快，频率和心率都需要提升，乳酸沉淀水平和肌肉温度也会大幅上升。如果不够快，就追不上，但如果跑得太快，可能会给肌体健康带来严重伤害，甚至休克。

2. "阿米巴虫"现象

"阿米巴虫"是一种变形虫的音译，该虫可向各个方向伸出伪足，以致体形不定，常致人患病。

中国企业中存在一种常见现象，即管理者经常试图通过权限细分、作业细分和责任细分来实现有效监管，并希望能借此实现快速的组合或调整（通常采用内部定价机制），来改善经营，实际常常会导致交易成本上升和效率下降。

当一个企业内部的各部门或流程的各级人员，忘记了以客户为导向，基于内部交易，为 KPI 互相扯皮和推诿责任时；当一个企业的员工只关心自己"一亩三分地"的利益而碌碌不作为或内耗时，企业系统的熵值会急剧上升，甚至会出现局部停滞与局部混乱共存的状态。此时，企业就离变成一只阿米巴虫子不远了。

结合内耗的多样性、多变性特点，我们称以上现象为"阿米巴虫"现象。

中国企业多采用"控股母公司–分子公司"的法律架构，往往还伴随大量的关联交易和一些成本/利润转移的设计，因此容易出现"阿米巴虫"现象。

"阿米巴虫"现象特别容易发生在过了生存期的快速成长企业，甚至成熟企业身上，造成的损失往往十分惊人，有的预计超过数十亿元，而自己还乐此不疲，等发现时，已陷入深坑而难以自拔。

就行业来说，"阿米巴虫"现象容易发生在标准化程度较高、大批量生产的一些消费品行业。

"阿米巴虫"现象通常有以下三大特征。

（1）忽略顾客

这是出现该现象的最典型信号，人们不再以顾客为导向或者认为顾客问题已经解决，而体现为对外忽略企业最终顾客，对内忽略业务下游客户和流程下游客户。忽略顾客也包括忽略市场增长本身。

人们只关心自己的部门、小团体或个人本身。

忽略顾客会造成两个局面，一个是不作为、不进取，另一个是互相扯皮和推卸责任。

之所以会忽略顾客，是因为产品本身的标准化和大规模生产，导致即使暂时不关心顾客，也不至于立即有什么损害。

（2）复杂的内部定价

这是即将出现"阿米巴虫"现象的一个有力信号。根据某大型公司 2005—2006 年内部结算经验，采用内部结算单（PO）半年之后，内部需要结算的价格清单增加了 3 倍之多，即使增设了内部定价管理岗位也不够，甚至开始要求 IT 系统的支持。定价中心也一度由最初的 5 个人增加到了 15 个人，并且仍然感觉人手远远不够。而一年半之后，当公司取消内部结算制度之后，一些人还习惯性地想跟其他部门结算费用。

科斯早在 1937 年就发现，价格机制并不免费，因为完成市场交易的成本常常极其昂贵，为了节约交易费用，现代公司内部不用价格机制，靠企业家权威和计划来协调运作。在实践中发现，当公司规模逐渐扩大到一定程度时，权威和计划也很会降低效率。

（3）刚性目标与考核

刚性目标与考核基本上是上述（1）和（2）的必然产物，在上述情况下，计划管理部门会成为整个内部定价的中心，为了让所有部门都能够执行，它必须以刚性的方法来制定目标和考核，因为如果选择了弹性方法，它将疲于应付各种内部结算，基本上就意味着目标管理不能落地和执行。

有时候，刚性目标与考核不一定与内部价格结算有关，但也会和某种刚性的分配比例或结算比例有关，我们在浙东的不少企业中都发现了这种情况。

"阿米巴虫"现象的本质是：重产品、轻顾客，用人为的价格体系来代替市场价格，从而导致内外部的竞争机制失灵，并最终导致管理决策失灵，降低了效率和产出。

二 忽略行业的可持续发展

我们的许多行业在产能过剩之后，往往伴随着残酷的恶性价格战，影响整个行业的发展，或者长期处于制造业价值链的最底端，难以可持续健康发展。各种忽视行业可持续发展的行为，事实上都削弱了整个行业的财富积累、人才培养、技术创新能力，导致后续发展乏力。同时，严重恶化了整个行业的商业信用环境，导致交易成本上升，账期变长，企业资金成本、库存成本迅速上升。

恶性竞争在经济学上的标志，就是极低的销售收入研发占比和丧失产品定价权。

根据工业和信息化部的数据，我国企业的销售收入研发占比是微不足道的 0.69%，如果剔除华为、中兴等几家研发占比在 10% 以上的特大型企业，这个比例将低于 0.5%，而国际上这个平均值一般在 3.5% 左右。这意味着什么？意味着绝大部分企业实际上都没有投入资金做技术创新，自然也没有什么核心技术，"山寨"和恶性价格战就会是必然。

而企业定价权方面，根据我们给企业开展咨询的经验，只有不到 1% 的企业认为自己拥有行业的定价权。

家电行业的恶性价格战从来都不是什么秘密。但是一些高科技行业，如通信和高铁等我国的优势产业，也经常发生恶性的价格战，甚至发生在国外。残酷和恶性的市场价格竞争不仅造成互不得利、互相伤害，最终还可能导致市场充斥的都是低质量的、不赚钱的产品，而把品牌市场和高利润市场拱手让给外国企业。

苹果手机以全球 15% 的销售数量占有约 90% 的利润，中国企业只分享到余下利润的一半不到，即不超过 5%，而中国生产的手机的出货量则至少占全球的 60%。即便是这样，基本上以季度为周期，中国的手机行业还要爆发大大小小的价格战。

即便是我国规模最大、产能过剩最严重的钢铁行业，也因行业的恶性竞争等问题，导致全行业不能获得在铁矿石方面的定价权。不仅如此，还因为被对手乘隙而入，导致在铁矿石贸易上损失超过数千亿美元之巨。自 2009 年起，在旷日持久的进口铁矿石原材料价格谈判中，中国也屡遭必和必拓、淡水河谷等跨国企业的哄抬物价，遭受了重大的损失。

而像打火机、电饭煲这样的轻型加工行业，经过多年血洗，实际上已经没法再做。

如果我们继续不舍弃这种竭泽而渔、恶性价格竞争、山寨为王的思维，那么必将失去全球制造业转移大潮的历史机会。

三 忽略环境和生态的可持续发展

我们有很多生产，今天看起来是低成本的，实际上如果把环境生态系统的成本考虑进去，成本就非常高昂了。其主要影响就是对我们赖以生存的环境，包括水体、空气、土壤、动植物等产生严重的甚至不可逆的危害。

比如电池，我们只考虑了它的制造，却不考虑它的回收和无害化处理，结果电池被扔进土壤，一颗电池能污染至少 0.3 平方米的土地长达数年之久，而治理的费用是制造电池本身的数千倍。

我国各地经济发展水平差异很大，各地政府和企业在废弃物处理回收、居民健康防护、儿童防护、环境保护、生态恢复等方面的经验也存在差异。一些地区法律法规不完善或管理力度比较宽松，许多产品的生产一开始并不需要特别考虑可持续发展的问题，结果可能导致企业追加大量成本，甚至最终影响企业可持续发展。

一些沿海地区进口来自美国、日本和欧洲的垃圾，然后进行分拣处理，实际上已经成为发达国家的污染存放场所。表面上看，1 吨工业垃圾的购买和处理成本都很低，但如果把几代居民的健康成本、土地与生态恢复成本考虑在内，就是天价。据"新闻联播"

报道，就在 2017 年 2 月，海关总署就指挥相关海关一次性查获多吨电子垃圾。

欧盟对玩具工业产品、电子工业产品实施无铅规范管理，中国销往欧盟的玩具和电子产品按欧盟标准生产，对欧洲没有什么后遗症，但销往国内的产品，由于缺乏对铅和其他重金属严格有力的监管，今后就面临治理问题。珠三角、长三角和华北局部地区的土壤重金属污染已经十分严重。而对于土壤的重金属治理，目前尚无有效、便捷、低成本的办法，治理成本十分高昂。前些年发生在中部地区的"儿童血铅超标"事件已经敲响了警钟。

一些大型工厂的硫化物、氮氧化物排放是我国冬季北方雾霾的成因之一，我国对污染物排放前的处理标准与发达国家没有太大差别，甚至有些指标还更加严格，但对实际排放的监管力度和处罚力度方面远低于美国等发达国家，一些企业甚至愿意选择被罚款而不愿意投入巨资进行污染物排放前的处理。废水和固体颗粒物排放也存在类似情况。

华北一些地区的土地污染和水污染比较严重，许多企业就开采地下水，深度甚至可以达到数百米，从而诱发城市地表塌陷；一些企业为此需要付出昂贵的善后成本，甚至足以导致企业破产。

矿山的过度开采，洗矿、选矿、尾矿处理和植被恢复的成本综合起来往往超过开采的价值本身，或者所赚的利润无法弥补。

而农药与化肥的大规模生产与过度使用，最终造成了土地退化、危害人类健康等后果，也导致了生产的不经济、不可持续。一些化工厂在搬迁后，经常要花费巨资对原来的厂址进行处理。

中国制造，自当承担起为后代保护生态环境的责任，舍弃这种不可持续的"低成本"。

四 "互相伤害"与"劣币驱逐良币"

在中国制造这样一个宏大的命题下，来讨论舍弃"互相伤害"与"劣币驱逐良币"，是令人郁闷之极但又不得不提出来的事。

如果一个地方，它的某些奶粉企业在产品里添加三聚氰胺，酿酒企业采用工业酒精勾兑，服装企业使用黑心棉，办公家具企业大量使用含有甲醛的材料，钢构企业使用不合格的钢材，家电企业使用了远低于安全标准的线缆，化工企业盗用别人的配方，进口产品实际是一些当地企业到国外注册贴牌的冒充货……那么，这个地方就开启了"互相伤害"模式，如果没有及时治理，最终结果就是谁都不相信谁，只会是"物次价廉"、恶性循环，就会有很大概率出现"劣币驱逐良币"，因为人们不相信有好东西存在，或者有好东西人们也不敢买单。

信任是最高的成本，东西都可能不好，又怎么可能要求提前付款或及时付款？而由于低价"低成本"，售后服务自然大打折扣，

400 电话就会经常打不通或打通了也没有人接听，那么自然就会要求基于质量理由的尾款押款。交易成本急剧上升，人们会怀疑一切，包括人品在内。而任何商业服务里的一丝丝本来不严重的过失或错误，也会被急剧、暴躁地放大成企业的问题，进一步伤害企业信誉。

上述过程只是一个常识，是经常发生在我们身边的现象，是中国制造需要直面的一个黑色区域。

"劣币驱逐良币"、"物次价廉"的直接后果是企业不会有什么动力去创新和承担社会责任，也没有这样的利润来支持。尽管市场最终可能将这样的企业淘汰出局，但是整个社会和生态系统却将为此付出巨大的善后代价。

这样的制造，必须抛弃。

第四章

顺 势

但舍包袱一身轻，春风快意马蹄疾。

问渠那得清如许，为有源头活水来。

第一节　顺势而为

一　华为电气创业者的成功解码

2001 年，经商务部批准，深圳的民营企业华为公司以不到 8 亿美元的价格将自己的一个事业部（华为电气）卖给了美国艾默生公司。

华为电气生产通信电源、电力电源、集中监控等产品，设有电力电子博士后流动站，在并购期更名为"安圣电气"，卖给美国艾默生后，保留原班人马，改名为"艾默生网络能源"，成为一家美国独资企业。美方仅派了一名总裁（斯蒂芬）、一名 CFO（杰斯）和一名 Controller（艾伦），整合了力博特产品子品牌，增加了 UPS、空调等产品线，成为通信机房的全套能源解决方案提供商。2016 年，艾默生网络能源更名为"Vertix"。

自 2001 年收购华为电气/安圣电气以后，利用它的电力电子平台（当时华为电气有将近 100 名电力电子博士，这在全世界都是罕见的），艾默生迅速实现了本地的转产、研发，为中国培养了大批电力电子人才，让中国的博士们在最短的时间里通过手把手的培训、详细的图纸缩短了中国电力电子、精密空调的研发道路，少走了许多弯路。目前大量相关厂家的技术研发领头人都是从艾默生培养出来的（科华、科士达、易事特、先控、英威腾、艾特网能等），包括机房空调的艾特网能、英维克、中能制冷、艾睿科等，变频器领域的汇川技术等，风能的禾望电气等，核心模块的麦格米特等。

由于原班人马全部保留，与华为签有市场保护协议，艾默生网络能源业绩多年连续优良，除了区别于老东家提倡"健康第一，工作第二"和"稳健增长"价值观之外，没有做太大改变。

2006—2016 年，当年的 2200 多人中陆续有 100 多人离职创业，10 年来诞生了 12 家上市公司（含未上市已经列入证监会审批清单的），几乎清一色的制造业，名单如下：汇川技术、蓝海华腾、鼎汉技术、英维克、麦格米特、吉泰科、赛维电商、科列技术、爱科赛、上能电气、盛弘电气、禾望电气。

这个名单还会继续增加。

如果说其中有一两家成功，这是偶然现象，那么如此高密度的创业成功，群体性的崛起，按实际离职创业人数计算，成功率超过 12%，就绝非偶然。这里面一定蕴藏着某种巨大的成功因素，这是中国投资界、制造界的奇迹！

这个制造业群体性崛起奇迹究竟是怎么产生的？

约上老同事们，三杯二盏，听心路，看产品，观趋势，初步总结，华为电气群体性的创业成功，其主要原因是顺势而为，主要是顺应了以下三个方面的"大势"。

1. 产业升级、创新发展之势

与一般创业者注重新产品、新领域、新客户不同，华为电气的创业者关注在原有领域细分市场的产品改良型创新，并不断投入，短期内形成高密度的研发投入，迎合行业内产品升级的趋势、产业升级换代的趋势，比如变频器产品在精密变频调控方面的发展、电池功耗管理技术的改进。

由于创业者都有一二十年行业的产品开发、维护或工程安装经验，因此能够以较低的创新成本快速推出改进产品。同时，改良型产品和小优产品能够避免与原东家和大型厂家的直接竞争，也不会引发价格战，然后借助原有的销售渠道和新合作渠道扩大销售，就很快获得了客户认可。"一个小优产品活而带动后续全局活。"

华为电气创业者表面上看是顺应产业升级、客户需求升级的机会，易于生存、利润率高；从经济学角度来看，这种顺应具有内在的必然。

这种顺应的最大优势在于极大地节约了过剩经济时代较高的交易成本和时间成本，其实质是在交易成本趋于零的情况下带动创新时间成本最小，这个成本包括：

（1）获取客户需求的成本；

（2）客户感知和接受产品的成本；

（3）与市场相关的各种信息成本。

华为电气创业者们选择这种创新模式，从他们酝酿创业的那天开始，就有意识地利用原有优势降低了交易成本，从而实现创新时间成本最小，获得了经济上的先天优势。

2. 资金之势

自 2008 年以来就开始流行"优质资产荒"的说法，从制造业创业者角度，是融资角度加大了。表面看来，这对创业者是利空的，但这只是宏观层面的平均情况；对能够做出真正优质资产的创业者来说，却是最大的利好，因为投资资金出现了集中和成本下行的趋势。以华为电气创业者的平均资金成本为例，不到 6%。

优质项目一旦出现和获得认可，短期内各种投资资金就会迅速集中，创业者也能获得议价能力，就容易以低资金成本获得资本杠杆。此类情况在深圳其他领域的创业项目里也经常出现，典型的如大疆无人机。

华为电气的一些创业者往往会耐心地等待，心无旁骛地做好产品和各项发展，等待项目基本成熟、具备"优质资产"的素质时，借力迅速推出，从而获得较低的资金成本和项目估值，然后把宝贵的资金用来发展和做大。

3. 专业化细分之势

得益于珠三角不断细分发展的社会化服务，工业设计、物流、生产的不同环节（结构件、贴片、老化、测试、封装、包装等）都出现了专业的服务商，基于产业链配套细分和区域集中；而市场策划、营销、分销、销售、产品认证、可靠性、环境认证、人力资源、财务会计、知识产权、行政等专业服务也在不断持续社会化和专业化。

不像有些创业者一开始就考虑"周全"，试图建立完整的研发生产销售体系，华为电气的创业者敏锐地发现和顺应这个趋势，在创业初期只聚焦核心设计和产品研发，然后让"专业的人干专业的事"，表面看成本不一定会下降，有时还有所上升，但能够极大地节约各种时间，缩短产品上市周期，提高创业效率。而相比专业化服务略高的价格，创业时间成本是非常高的，节约时间就是最大的价值创造之一，而且许多社会化服务还有质量回溯，能够避免一些质量成本。

珠三角地区产业链配套不断细分、集群的过程还在持续深化，其他专业服务也跟随这个过程不断发展，形成一个很大的"势"，随着基于互联网技术的智能化共享的进一步发展，还会出现价格的下降趋势。

事实上，整个珠三角就是电子工业的最大的孵化平台。华为电气的创业者顺势而为，不局限于政府开设的小型孵化平台，而是借助社会大孵化平台，从而获得了宝贵的创业"时间窗口"。

顺势，利用社会资源，省力省时。

除了顺应三个势，巧妙地借助房地产资产价格上升带来的红利，获得宝贵的启动资金而助力制造创业，也是华为电气创业者的成功因素之一。

二 创新经济之势：深圳制造业解码

恰如上述华为电气创业者的例子，房地产对制造业也是可以转化出贡献的，如果鼓励房地产业的资金回流到制造业的升级转型里，那么只要运用得当，也是可以形成正向循环，不断创造和做大价值的。

深圳房地产价格的不断上升，背后依托的恰恰是强大的深圳高科技创新制造业体系和整个制造业向高科技、创新化发展的势。

按照深圳市市长许勤提交审议的 2016 年报告,初步核实,2016 年深圳全市生产总值超过 1.93 万亿元, 同比增长 9% 左右;社会消费品零售总额 5505.7 亿元, 增长 8%;规模以上工业企业利润增长 10%;资源能源消耗 "低中再降", 化学需氧量、氨氮、二氧化硫、氮氧化物排放量分别下降 8.6%、5.2%、10.2% 和 3.4%;PM2.5 平均浓度为 27 微克/立方米, 下降 10%, 继续处于国内城市领先水平。(摘自:《2016 年深圳市政府工作报告》。)

深圳市 30 年前的经济总量仅相当于香港的 2‰,目前约为中国香港地区的 95%,人均 GDP 为 2.2 万美元,已经超过了 2.1 万美元的中国台湾省,她还在朝气蓬勃地发展。[1]

以深圳企业为代表的新一代中国企业正在顺势崛起。截至 2016 年年底,这个城市已经拥有 346 家上市公司和无数的创业者,是全球最重要的移动通信设备生产和技术创新城市,正在成为生物、新能源与材料科学的引领中心。除了大家熟悉的华为、腾讯、比亚迪等巨无霸,在许多细分领域,这个城市都有全国的行业领导者或排名前三的企业,如做激光的大族、做基因的华大、做肝素钠的海普瑞、做医疗的迈瑞、做工控的研祥、做无人机的大疆、做声光系统的易科……

---

[1] 数据来源:黄海琳, 深圳, 一座拥有逾 350 家上市公司的城市! 足以令世界颤抖,《前海金融城邮报》微信号 "weqianhai"。

伴随着崛起企业的，是极具全球视野、创新意识、资本意识和学习意识的新一代企业家。

深圳也因此诞生了万科、佳兆业、卓越等一大批优秀的房地产企业。

某种程度上，没有深圳制造的高增长和高效益，就没有深圳房地产的发展；反过来，如果没有深圳房地产总体健康高速的发展和增值，不能给世界各地蜂拥而来的创业者、投资者一个美丽、安稳的"家"，深圳的制造业可能也无法获得这样的高速发展。

来了，就是深圳人，深圳制造与房地产，大多数时候还是一对互相顺势、互相加分的兄弟。

但我们真正要关注的，还是为什么深圳制造能够如此强势。其根本因素在于顺应了世界经济的创新发展潮流，顺应了全球产业创新向中国转移的大势（关于深圳的成功已有大量研究，此处不展开）。

我们概括深圳制造业的密码，基本上就用"深圳制造~创新制造"这个方程。

第二节　全球产业创新向中国转移之势

普遍认为，全球范围内出现过四次大规模的制造业迁移，而

创新因素是推动制造业大迁移的重要动力。当前，制造业升级和
迁移面临的最主要现实是全要素生产率的下降。

一 20 世纪初

20 世纪初，英国将部分"过剩产能"向美国转移，其主要特
点是美国以制造流程创新承接全球制造业的转移。

20 世纪初期的美国，四处闪动着伟大发明与伟大企业，福特的
T 形车和凯迪拉克的电子启动装置开启了人类的汽车新时代；华纳兄
弟的《爵士乐歌手》带动了有声电影的繁荣；不锈钢和人造树胶重
塑了美国制造业；电话和电气化使美国的工业基础设施全面升级。

尤其是流水线生产方式的大范围推广，大规模批量生产除了
能摊薄固定成本，还使大量工程师聚集在一起搞技术研发，极大
地推动了科技创新。而当时英国工厂的组织形态相对传统，中小
作坊是英国社会的最爱，但这类企业无法实现规模经济和成体系
的研发创新。

二 20 世纪 50 年代

20 世纪 50 年代，美国将钢铁、纺织等传统产业向日本、德国

这些战败国转移，其主要特点是日本、德国以协作体系创新承接全球制造业的转移。

第二次世界大战结束以后，美国在执行复兴欧洲、日本的产业规划中，让德国和日本优先发展钢铁、纺织轻工等传统产业。但是，德日两国不愿接受这个安排，因为如果被动接受低端制造业的转移，在未来工业竞争中将永远输于美国。此后，德国和日本不仅重点发展了汽车、机械、电子等高价值出口产业，更重要的是，以高效完备的国家工业协作体系承接了全球制造业转移。

德国和日本的产业结构越来越精细化，很多公司几十年只研究一种零件，只做一个产品，做到世界闻名，效益非常好。他们制造的产品，是基于自己看准的市场而磨炼出的独有技术，这些"隐形冠军企业"不追求做大，而是力求成为具有某种世界第一的"唯一企业"。至今，中国很多高端制造业若不采用德国、日本的关键材料和核心零部件，如航空玻璃、芯片、轴承、光电产品等，竞争力就会大大下降。

三 20世纪60至70年代

20世纪60至70年代，日本、德国向亚洲"四小龙"和部分拉美国家转移轻工、纺织等劳动密集型加工产业，其典型代表是韩国、我国台湾省以产业链整合创新承接全球制造业转移。其中，我国台湾省精于代工，韩国强于产业链整合。

始于 20 世纪 90 年代初，由美国公司负责设计、我国台湾省负责代工的晶圆厂，投资巨大，从 4in、6in、8in 到现在的 12in，从晶圆制造到切割、封装、测试，都是台湾不同的公司在做，形成了一个前所未有的庞大产业链，占到全球芯片制造环节一半以上的市场份额。目前，台积电已经做到 16 纳米工艺制程，大陆的华为海思、展讯只有采用台积电的工艺制程，才能使设计出来的高端手机芯片实现批量制造。

而三星电子则采用"全产业链"模式，即在芯片、闪存、液晶面板、平板电视、手机等全方位投资。三星"全产业链"模式追求的绝不只是成本优势，更重要的是技术积累和创新突破。

2016 年 11 月，三星宣布以 80 亿美元收购汽车零部件供应商哈曼国际。资料显示，哈曼国际是全球著名的高阶音响元件制造商，其产品多应用在汽车领域，如宝马、路虎、奔驰等。哈曼还有 JBL、AKG 等消费级的音响品牌，是车联网解决方案领域的龙头企业。在 2016 年 9 月 30 日前的 12 个月内，哈曼产品在汽车产业有 65% 的市占率。透过此次收购，三星电子直接成为全球大型汽车公司的供应商，这也使得全球汽车供应链将重新组合。此举加强了三星在电子产业链中的地位。

"全产业链"模式能使三星深入了解技术，实现高效的技术创新和产品创新。三星在成功掌握存储、非存储芯片技术后，又陆续掌握了 TFT-LCD、PDP、有机发光显示（OLED）、移动芯片、闪存芯片等核心技术。其实这些技术从根本上说都是半导体技术在很大程度上得益于三星以前对存储芯片技术的深度掌握，再拓展到其他芯片技术就容易多了。

四 20 世纪 80 年代初

20 世纪 80 年代初，欧洲各国、美国、日本等发达国家和亚洲"四小龙"等新兴工业化地区把劳动密集型产业和低技术高消耗产业向发展中国家转移。于是 30 多年来，中国大陆逐渐成为第三次世界产业转移的最大承接地和受益者。其典型代表是中国以体系实力承接全球制造业转移。

2000 年后，中国制造业已然形成了一个自给自足、能为海外品牌代工，也能推出自有产品的庞大体系。这个体系在 2013 年 9 月出版的英国《金融时报》中首度被统称为"红色供应链"。

依靠世界上最多的工业人口、最齐全的工业门类、较完善的基础设施，中国制造业打造出无与伦比的可靠性和速度，使得中国公司虽然不具备价格和利润方面的优势，但却更加迅速，也更加可靠。

尽管新任美国总统特朗普提出"让制造回流美国"，但是，制造业向中国转移的第四次浪潮仍然在继续，这个"势"远远没有结束。

过去是初、中级工业品向中国迁移。现在，航空、芯片、新能源、新材料等基础工业、高端工业也开始大规模向中国迁移。一开始，是制造的迁移，逐渐发展为创新的迁移。比如，中国正迅速成为电子玻璃基板、太阳能/风电/锂电池等新能源行业的全球创新中心，芯片业也在产生快速向中国聚集之势，并且不断创新。

中国企业可以充分利用第四次"全球产业创新迁移"之势，抓住两个战略机遇：

第一个机遇，由过去的品牌代工者、品牌贸易代理者变为品牌持有者、品牌发明者和产业控制者。

第二个机遇，由过去的技术与知识产权模仿者、改良者变为技术与知识产权创新者、领导者。

抓住这两个机遇，就抓住了整个产业迁移大势的核心，将获得过去一直缺失的"定价权"、"话语权"和"标准"，赢得战略制高点。

第三节　数字化时代之势

数字化时代，也就是我们常说的运用计算机将我们生活中的信息转化为 0 和 1 的过程，是指信息领域的数字技术向人类生活各个领域全面推进的过程。

一　数字化时代，影响人类未来的 46 项技术

Atos 是一家总部位于法国、从事咨询和 IT 服务的国际性公司。2016 年，它发出了一份科技趋势报告，从三个时间维度列举了 46 项将改变商业的技术，这些技术都离不开数字/数据，甚至本身就是数字技术，包括：

3D 打印、5G、先进的数据可视化技术、先进的机器人技术、自动驾驶汽车、生物计算机、生物识别技术、区块链、人机接口、云服务集成、认知计算、容器、背景代理、深度学习、数字化工作平台、数字标牌、分布式社交网络、边缘计算、百亿亿次级超级计算、基于纤维丛的计算、沉浸式体验、内存内计算、商业洞

察平台、万物联网、IPV6、下一代行动定位的服务、低功耗广域网、忆阻器、自然用户界面、近距离无线通信技术、开源硬件、塑料晶体管、隐私增强技术、量子计算、软件定义一切、自适应安全、语义技术、智能机器、集群计算、可信任设备、普适个人信息管理、虚拟助手、可穿戴设备、网络规模计算、网页实时通信、无线电力。

以第 32 项"塑料晶体管（Plastic Transistors）"技术为例，Atos 详细分析了它的定义、应用、影响、演变和问题。

（1）定义

塑料晶体管反映了材料科学的进步，给我们提供了除传统电子器件之外的其他选择。基于拥有电特性的有机聚合物，包括有机发光二极管（Organic Light-emitting Diodes，OLED），这些材料可被轻易地印刷在不同类型的基材上，允许可弯曲塑料上呈现复杂电路——这对于传统电子元器件来说是根本不可能的。

（2）应用

曲面显示/导电油墨/可印刷的计算机电路/透明电路/可穿戴计算设备/智能绷带/电子标签（Radio Frequency Identification，RFID）射频识别技术/塑料太阳能电池。

（3）影响

为计算功能提供灵活性，可搭载于动态环境中，包括服装、密封外壳及有机组织；易于与其他增材制造方法整合，如 3D 打印机；对于分布式解决方案的普及（如电子标签）来说，实现了必要的低成本体量制造。

（4）演变

20 世纪最后 25 年，围绕有机电子学的研发工作开始展开；OLED 屏及印刷的电子标签被广泛应用，在消费类设备中流行，如手机和电子阅读器；其他有机电子技术在制造便宜耐用的太阳能板方面被看好。

（5）问题

转换效率低，与传统电子元器件相比，可能影响部分使用；某些领域包括与健康相关的设备，安全问题可能会限制它的应用；要使技术真正发挥作用，需要将它与其他制造技术相整合，比如运用 3D 打印制作你自己的电子模型。

（摘自：微信公众号"机器之心翻译法国"，Atos 2016 年报告《四万字报告：从短期到未来，这 46 项技术将变革商业》，2016 年 5 月。）

这 46 项技术当中，各种计算技术（量子计算）和通信技术（5G）

对商业的影响最大，并且在 2018 年就会充分显现。各项技术具体的影响评估，可参考 Atos 2016 年报告《四万字报告：从短期到未来，这 46 项技术将变革商业》。

二 万物互联

物联网是新一代信息技术的重要组成部分，也是信息化时代的重要发展阶段。其英文名称是"Internet of Things（IoT）"，顾名思义，物联网就是物物互联的互联网。这有两层意思：其一，物联网的核心和基础仍然是互联网，是在互联网基础上延伸和扩展的网络；其二，其用户端延伸和扩展到了任何物品与物品之间，进行信息交换和通信，也就是"物物相息"。物联网通过智能感知、识别技术与普适计算等通信感知技术，广泛应用于网络的融合中，也因此被称为继计算机、互联网之后世界信息产业发展的第三次浪潮。

国际电信联盟（ITU）发布的 ITU 互联网报告中对物联网进行了如下定义：通过二维码识读设备、射频识别（RFID）装置、红外感应器、全球定位系统和激光扫描器等信息传感设备，按约定的协议，把任何物品与互联网相连接，进行信息交换和通信，以实现智能化识别、定位、跟踪、监控和管理的一种网络。

根据上述定义，物联网主要解决物品与物品（Thing to Thing，T2T）、人与物品（Human to Thing，H2T）、人与人（Human to Human，H2H）之间的互联。但是与传统互联网不同的是，H2T是指人利用通用装置与物品之间的连接，从而使得物品连接更加简化；而 H2H 是指人与人之间不依赖于计算机而进行的互联。因为互联网并没有考虑到对于任何物品连接的问题，故我们使用物联网来解决这个传统意义上的问题。物联网就是连接物品的网络，许多学者讨论物联网时，经常会引入"M2M"的概念，可以解释成为人与人（Man to Man）、人与机器（Man to Machine）、机器与机器。从本质上而言，人与机器、机器与机器的交互大部分是为了实现人与人之间的信息交互。

物联网是指通过各种信息传感设备，实时采集任何需要监控、连接、互动的物体或过程等各种需要的信息，与互联网结合形成的一个巨大网络。其目的是实现物与物、物与人、所有物品与网络的连接，方便识别、管理和控制。其整个产业规模超过 10 万亿元人民币。在刚起步的 2011 年，其产业规模就超过了 2600 亿元人民币。构成物联网产业的五个层级——支撑层、感知层、传输层、平台层以及应用层分别占物联网产业规模的 2.7%、22.0%、33.1%、37.5% 和 4.7%。而物联网感知层、传输层的参与厂商众多，成为产业中竞争最为激烈的领域。

物联网产业链的简要示意图见下图：

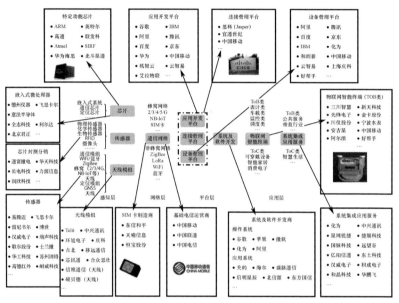

（图片来源：微信公众号 ittbank，2016 年 11 月 26 日，物联网产业链全景图。）

在物联网领域，国际巨头和国内企业纷纷布局。

英特尔 2014 年发布爱迪生可穿戴及物联网设备的微型系统级芯片，2015 年推出居里（Curie）芯片，集成了低功耗蓝牙通信功能和运动传感器；谷歌提出 Project IoT 物联网计划，2015 年发布 Brillo 物联网底层操作系统，该系统源于 Android，支持 ARM、X86、MIPS 架构的智能硬件；思科：2016 年斥资 14 亿美元收购 Jasper 全部股权，完善物联网生态体系；软银拟以 310 亿美元收购芯片专利授权巨头 ARM，卡位物联网芯片端。

华为推动 NB-IoT 标准制定，先后发布物联网操作系统 LiteOS、NB-IoT 端解决方案，提出"1+2+1"战略，努力构建 OceanConnect 生态圈；百度 2015 年发布百度 IoT，与 ARM、MTK、TI、科通芯城等联合推动物网发展；阿里巴巴 2014 年联合庆科发布物联网操作系统 MICO，2016 年发布物联网整体战略，集合旗下阿里云、阿里智能、YunOS，联合打造面向物联网时代的服务平台；腾讯 2014 年推出"QQ 物联智能硬件开放平台"，将 QQ 账号体系及关联、QQ 消息通道等核心能力提供给可穿戴设备、智能家居、智能车载、传统硬件等领域合作伙伴，实现用户与设备及设备与设备之间的互联、互通、互动；中国移动也成立物联网公司、车联网公司，搭建物联网专网、提供专号、建设物联网设备接入管理平台和物联网应用开发平台，大力推动物联网业务展。

2016 年 11 月 18 日，在美国内华达州里诺的国际移动通信标准化组织 3GPP 的 RAN1（无线物理层）#87 次会议上，经过与会公司代表多轮技术讨论，最终确定了 5G eMBB（增强移动宽带）场景的信道编码技术方案。其中，Polar Code 码作为控制信道的编码方案；LDPC 码作为数据信道的编码方案。中国华为成为短码方案 Polar Code 标准的主要制定者和实施者，在 5G 通信时代赢得了先机。

整个物联网产业链主要包括芯片提供商、传感器供应商、无线模组（含天线）厂商、网络运营商（含 SIM 卡商）、平台服务商、系统及软件开发商、智能硬件厂商、系统集成及应用服务提供商八大环节。

面向中国制造 2025，以混合云等信息技术为承载基础的，包括物联网、机器人、AI、大数据等新技术在内的集群正在引爆中国制造业的飞跃发展，也带来巨大的挑战。作为国内 IDC 服务的创新者，广东云下汇金的孙伟宏对物联网助力中国制造业充满了信心："这是中国制造的风口，中国有世界上最大的通信基础设施，和三大运营商一起，在传统制造业和云计算之间架起桥梁，助力传统产业转型升级成功"。

物联网正在快速改变制造业的制造过程、设备、终端产品的形态，也通过 M2M 深刻地改变各种关系，影响着人类和社会的未来。

基于数字的连接是制造业发展的洪荒之势，而中国站在了潮头。

三 人工智能

除了物联网，现在大概没有什么比"AI"（人工智能）和"机器人"更加引人关注了。

1. 机器人时代

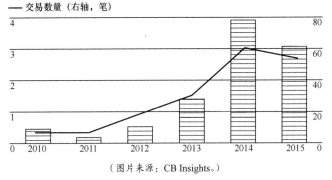

2010—2015年全球人工智能初创企业融资额及交易数量

☐ 融资金额（亿美元）
— 交易数量（右轴，笔）

（图片来源：CB Insights。）

目前，中国以 33.23 万台的数量位居全球工业机器人保有量第一。尽管如此，相对于韩国每万名工人工业机器人拥有量 478 台、日本 314 台，我国的机器人密度并不高。2016 年全球工业机器人订单量为 258900 台，存货为 1779000 台；中国订单量为 85000 台，存货为 332300 台。根据 IFR 的估计，到 2018 年，全球工业机器人销售额年均增幅将达 15%，中国是世界市场上增幅最快的地区，2018 年中国机器人安装量将超过世界总量的三分之一。当然，这些工业机器人大部分仍被国外公司所垄断。[1]

---

[1] 数据来源：www.elexcon.com（深证国际电子展），2017 年，你应该重点关注的电子产业趋势有哪些，2017 年 2 月 22 日。

我国的工业机器人主要应用在汽车及零部件、电子电气和化工（塑料和橡胶）领域。其中，汽车行业的占比约为 40%，而电子制造行业的占比为 28%，橡胶与塑料行业的占比为 10%。[1]

广东东莞，曾经的"世界工厂"，因其巨大的劳动力需求，吸引了无数的年轻人。如今，东莞开始向智能制造转型，告别过去简单、粗放的生产，诸多工厂开始使用机器人替代工人。

瑞必达科技股份有限公司是东莞市"倍增计划"的试点企业。该公司位于松山湖的工厂内，机械手和工业机器人正有条不紊地操作着。凭借这个"无人工厂"，瑞必达月产触摸屏玻璃 800 万～1000 万片，比之前增长了 100 倍。短短几年，瑞必达成长为触摸屏盖板玻璃行业世界前三强，并成功登陆新三板。总经理曾建军表示："在土地紧张的环境下，单靠传统要素资源的发展之路是走不通了，唯有通过技术改造提高产能和生产效率，增强企业的效益和规模，这才是企业发展之本。"

根据当地政府的数据，2015 年东莞用机器人取代了 43684 名工人的工作，让这些工厂节省了近 10%的成本。最终的结果就是

---

[1] 数据来源：前瞻产业研究院，www.qianzhan.com，2016—2021 年中国工业机器人行业产销需求预测与转型升级分析报告。

成为不需要开灯照明的所谓"黑色工厂",因为生产线上只有机器人在工作。

截至 2016 年 9 月,东莞已有 1485 个项目申报"机器换人"专项行动。需要指出的是,这些项目完成后,劳动生产率平均将提高 1.7 倍,产品合格率将从 92%提高至 97.2%。更为重要的是,这将减少用工 8 万人。(摘自:21世纪经济报道,杜弘禹,东莞"机器换人"项目申报 1485 个,可减少 8 万用工,2016 年 11 月 29 日。)

东莞市政府发布《关于大力发展机器人智能装备产业 打造有全球影响力的先进制造基地的意见》,提出到 2020 年,东莞要构建好各方面都完善的机器人智能装备产业链,将机器人应用在制造与服务领域中,建成中国机器人产业先行市场,并成为有全球影响力的先进制造基地。

2. 人工智能究竟会怎样影响制造业的未来和人们的未来

从学科角度来看,人工智能是计算机学科的一个分支,20 世纪 70 年代以来被称为世界三大尖端技术(空间技术、能源技术、人工智能)之一;也被认为是 21 世纪三大尖端技术(基因工程、纳米科学、人工智能)之一。这是因为,近 30 年来它获得了迅速的发展，在很多学科领域都获得了广泛应用，并取得了丰硕的成果。人工智能已逐步成为一个独立的分支，无论在理论和实践上都已自成一个体系。

人工智能的主要应用包括机器视觉、指纹识别、人脸识别、视网膜识别、虹膜识别、掌纹识别、专家系统、自动规划、智能搜索、定理证明、博弈、自动程序设计、智能控制、机器人学、语言和图像理解、遗传编程等。

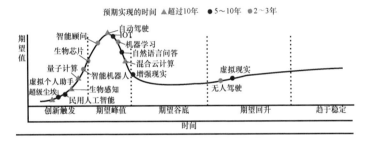

（图片来源：Gartner（2015）新兴技术成熟度曲线，中信证券研究部。）

数据量、运算力和算法模型是影响人工智能行业发展的三大要素。人工智能领域是一个数据密集的领域，传统的数据处理技术难以满足高强度、大数据的处理要求。AI 芯片的出现让大规模的数据处理效率大大提升，加速了深层神经网络的训练迭代速度，极大地促进了人工智能行业的发展。目前，已经出现了 GPU、NPU、FPGA 和各种各样的 AI-PU 专用芯片。

对中国制造和中国企业来说，人工智能之势充满了挑战，更充满了机遇。

我国政府高度重视 AI 的发展，出台了相关政策，特别是 2016 年 5 月，四部委联合发布《互联网+，人工智能三年行动实施方案》，明确提出要培育发展人工智能新兴产业，推进重点领域智能产品创新，提升终端产品智能化水平。

根据咨询公司 Venture Scanner 的统计，截至 2016 年第二季度，全球人工智能公司已经突破 1000 家，跨越 13 个子门类，融资金额高达 48 亿美元。而人工智能的创投金额在 5 年间增长了 12 倍。

从产业链构成来看，人工智能产业链可分为基础支撑层、技术应用层和方案集成层。基础支撑层由算法模型（软件）和关键硬件（AI 芯片、传感器）两部分构成；技术应用层主要由感知类技术和其他深度学习构成；方案集成层主要是面向应用场景特定需求的产品或方案，如智能家电、智能工业、专业服务机器人（医疗、安防、物流）、智能金融（智能投顾、征信、风控、身份验证、智能客服）等。

人工智能目前还处在早期，但它终将影响我们的方方面面。

李开复认为，对于人工智能，"能够基本取代人类所有需时短于 5 秒的工作，比如识别人脸、识别语音或者识别手写的字，还有特别依靠大量数据的行业，比如翻译短的文章"，而"哪些领域需要七情六欲的机器人，这个就是有戏的。比如扫地机器人，比如工业机器人，比如老人陪伴、助理、保安、司机等"，甚至包括"数据营销"、"银行的风控"，人工智能用更低的成本给人类创造更高的价值。

"如果宏观地把互联网定位成为互联网之后所发生的移动互联网、社交，还有之后带来的大数据、人工智能，把这个整体当成一个互联网技术延伸，那么我们认为互联网的革命才刚刚开始，它将产生的是彻底改造所有人类的习惯和行业。"

"那些不能接受 AI+概念的公司，很可能被颠覆。"李开复这么认为。

但比尔·盖茨对未来人工智能的看法却不那么积极。在Reddit网策划的节目"问我任何问题（Ask me Anything）"第一季中，盖茨展望了计算机和互联网的未来，他认为未来的人工智能机遇与风险并存。

而 2016 年 10 月 20 日，英国知名物理学家霍金（Stephen Hawking）则警告称，发明 AI（人工智能）可能会成为人类历史上最大的灾难，如果管理不善，会思考的机器可能会为人类文明画上句号。

不管怎样，人工智能已经开始渗透进工厂、仓库、港口和办公室，也进入了我们的生活。

四 智能制造发展趋势

从 2011 年到 2014 年，发改委、工信部、财政部联合实施了智能制造专项，共支持了 124 个项目，投入经费 40 亿元。2015 年，国家又选出了 46 个国家试点示范项目，分布在 28 个省市、36 个行业。我国实施的智能制造专项中，有标准研制 43 项、数字化车间 51 项，国家共投资 10 亿元。[1]

我国在关键的零部件和智能制造装备方面也取得了巨大的进展。数字化车间、数字化工厂的建设也在点上取得了一些突破，有了样板，并培训了一批人才。而且我们形成了一种机制，就是用户和制造商联合实施智能制造项目，这些都是有益的探索。

目前，我国智能制造需求非常旺盛。2014 年，工信部对浙江省 10 个市、20 个行业、116 家企业进行了调研，企业需求的目的非常明确，82%是为了解决人工问题。浙江省每年在推进数字化、网络化、智能化战略方面政府和企业总投资要达到 3600～

---

[1] 数据来源：智能制造发展联盟，www.wtoutiao.com，董景辰研究员在 2016 中国（洛阳）智能制造大会上的主题发言，2016 年 5 月 17 日。

5000 亿元。

2015 年，工信部对福建省做了一项调查，100%的企业对智能制造的需求都非常强烈。其中，家居行业需要升级的占 32%，装备行业需要升级的占 25%，监测环节需要升级的占 32%，测试环节需要升级的占 28%，物流、搬运、体力劳动需要升级的占 23%。

江苏、广州、浙江等地区的企业，每年在智能制造方面的投资达到 1 万亿元，占全国总投资的 20%以上。

虽然智能制造需求旺盛，但是我国的装备供应不足，70%依赖进口，过程装备应用比例不到 30%。根据世界银行的统计，我国每年进口的装备有 2 万亿台发动机，这导致过程装备在市场上的占有率大概只有 42%，不到一半，进口率达到 58%，高端装备进口的比例会更大。

我国智能制造市场需求量非常大，2013 年是 3.5 万亿～5 万亿元，预计 2020 年是 8 万亿～10 万亿元。用中国装备装备中国制造，是"中国制造 2025"的重要核心战略。

不管你来与不来，愿不愿意，数字化生存的新时代已经在敲门。

第四节　中国经济与文化复兴之势

一　复兴的帷幕

究竟什么是"中国文化"和"文化复兴"？这是很难定义的，但是在国外的中国人却能从日常生活的点滴里真切地感受到。

2005 年，我们一行中国人在瓦嘎边境观看印、巴两国阅兵升旗礼，一位名叫曼蒂哈的美丽姑娘带着她的母亲和家人，从对面看台上专门过来，要中国人签名留念。

2007 年，我们一群中国人在非洲赞比西河大桥上蹦极，一群法国人听说我们是中国人，做通信设备的，看我们比他们勇敢，竟热情相拥，十分钦佩。

2009 年，我们一波中国人在哥伦比亚波哥大的教堂山受到了热烈欢迎，因为这里的手机基站是中国提供的。

......

不仅仅在亚非拉，在德国、英国和日本，一些中国公司也赢得了前所未有的尊敬，当地公司的外国员工以到中国为荣，许多人跟我们中方员工学习中文。

恰如我们前面所讨论的，产品是人们接触到的最真实的"精神与思想"，服务是人们接触到的最真实的"道德与价值"！人们对中国文化的触摸、体验、理解、接纳、学习、信奉、景仰，来自日常真真切切的中国产品和中国服务，来自中国人的一言一行，来自中国的品牌力量。

尽管中国制造、中国企业目前还缺乏足够多的世界知名品牌和品牌号召力，但毋庸置疑的是，"中国"本身正开始成为品牌。

德国在工业刚刚兴起的时候，也被英、法等国冠以"山寨"、"伪劣"的标签，但是，今天的德国产品却是"可靠、精良和体面"的代称，人们称赞德意志民族严谨、务实、富有工匠精神，赞美德国文化。

随着海尔、华为、联想、迈瑞、研祥、大族、格力、美的、比亚迪、中国高铁、方太等一批又一批的中国企业率先将自己的高品质产品和服务推向全球，中国品牌的成熟化、全球化已拉开序幕。

跟随这些先行的中国企业，越来越多的"隐形冠军"会在世界经济舞台上现身，将中国品质集群化、规模化、全球化。

这些企业往往吸收优秀的传统中华文化，并积极融合现代世界文明的其他优秀成果，它们国际化的过程也推动着我国文化的全球化。

随着中国经济的全球化，中国文化也开始全球化，国家开设了孔子学院，推行了汉语等级考试，中国的音乐、美术、电影、美食、服装、生活方式也逐步地在全世界流行起来，构成文化的复兴之势。

文化的复兴能有效带动产品品牌的发展。

以手机为例，中国的手机已经在出货数量上超过苹果手机，什么时候能够在品牌和利润上超越苹果或并驾齐驱呢？思考这个问题，更多地要从文化层面分析，要看到目前苹果手机还是有独具的文化优势的。

目前以及未来 3 到 5 年内，苹果手机承载的音乐、电影和各种内容，仍将以美式主流文化为基本依托，而美式文化暂时还是世界青年的时尚首选，因此，苹果手机具有的文化品牌溢价效应，是中国品牌手机目前所不具备的。

随着美国逐渐退回孤立主义，反对全球化，美式文化不可避免地开始缓慢衰退，而中国文化则逐渐复兴和加强，最终可以和前者形成一个共同繁荣的局面。

那时，中国品牌的手机如果能够顺应这种文化格局变迁的大势，给自己的产品注入新的中国文化元素，那么在原来技术先进、品质可靠、价格低的基础上，就很有可能获得宝贵的品牌溢价效应，甚至在部分地区替代苹果，从而实现对苹果的逆袭。

产品一旦具备文化的因素，就意味着文明的传播。

到这里，我们会再次提及"回归文明"这个话题，事实上，没有毫无理由、漫无目标的文明回归，文明的背后都是实实在在的经济与商业的复兴。最集中的体现是中国的"一带一路"大战略。

二 一带一路

商业和文化，从来都是一对孪生兄弟，我们对此并不陌生。

丝绸之路，是一条古代贸易交流线路，又名丝路，是穿越中亚、翻过帕米尔高原、抵达西亚的线路，从运输方式上分为陆上丝绸之路和海上丝绸之路。陆上丝绸之路以西汉都城长安（今西安）为起点，东汉时期以都城洛阳为起点，跨越陇山山脉，穿过河西走廊，通过玉门关和阳关，抵达新疆，沿绿洲和帕米尔高原通过中亚、西亚和北非，最终抵达欧洲。海上丝绸之路则以中国东南沿海为起点，经东南亚、南亚、非洲，最后到达欧洲。丝绸之路不仅是中国联系东西方的"国道"，也是整个古代中外经济文化交流的国际通道。

伴随丝绸之路的发展，长安几度成为国际化大都市。在公元前195—公元25年、公元580—900年两段时间里，长安都是世界上最大、最繁华、最富裕、最安全的都市。南方丝绸之路的发展，也使广州、泉州在唐、宋、元时期侨居的外商多达万人乃至 10 万人以上，成为世界性大都市。

2013 年，中国提出了"一带一路"大战略，这是中国推进全球化共同繁荣和中华文化（文明）复兴的标志。下图来自《人民日报》：

"一带一路"贯穿亚欧大陆，2015 年"一带一路"沿线有 64 个国家，人口约 44 亿，GDP 为 23 万亿美元，分别占世界总量的 63%、29%，贸易总量只占全球 1/4。这些国家大都为经济实力一般，但经济增速较快国家。根据麦肯锡预测，到 2050 年，"一带一路"沿线地区将会贡献全球 GDP 增量的 80%左右，发展潜力巨大。

目前，"一带一路"涉及的国家已经延伸至西欧（达到英国、法国、德国等）、南非、澳大利亚以及南美洲，已经有 100 多个国家和国际组织参与到"一带一路"建设中。

根据商务部公布的数据，2016 年 1～11 月，中国与"一带一路"国家贸易额达 8489 亿美元（出口 5234 亿美元、进口 3255 亿美元），占同期我国外贸总额的 25.7%。

2005—2016 年，中国在世界范围内直接投资和建设合同规模为 14859.1 亿美元。"一带一路"战略提出后，中国对外投资增速加快，其中 2015 年东亚（注：美国 American Enterprise Institute 数据库的东亚标准为东亚、东南亚、中亚等地区）和西亚的投资分别增长 150.31%和 12.9%。行业层面，按照投资规模排名，主要分布在能源、交通运输、有色、房地产、科技、金融、农业、旅游和娱乐，其中能源投资规模为 5946.1 亿美元，占总投资的 40%；其次是交通运输，规模为 2689.1 亿美元，占总投资的 18%。近两年对欧美的投资加速，主要集中于科技、金融和旅游业。

2015—2016年"一带一路"沿线国家对华投资新设企业数

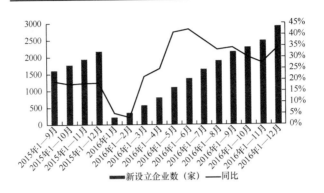

2015—2016年"一带一路"沿线国家实际投入外资金额

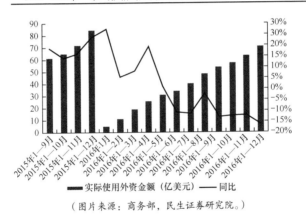

（图片来源：商务部，民生证券研究院。）

目前，央企仍然是"一带一路"的主力军，以大型基础设施建设为先导，为民企"走出去"创造完备的路线、交通、资源、产业园区等基础条件，形成"国企搭台，民企唱戏"的格局。

2015年7月，国资委发布《"一带一路"线路图》，发布了"交通丝路"、"海上丝路"、"空中丝路"、"能源丝路"、"电力丝路"、"信息丝路"6个部分的重大项目进展情况，行业主要分布在交通、海运、航空、能源、电力、通信等领域。

民企在"一带一路"建设当中发挥的作用越来越突出。产业投资高端化、企业抱团"走出去"、从发展中国家进军发达国家的趋势明显。华为、联想、长城、三一重工、吉利、红豆、万达等大型民营企业在"走出去"的过程中获得了较好的成果。

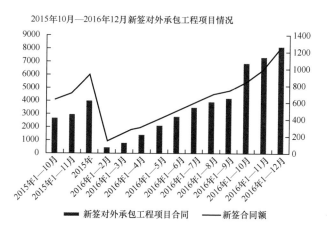

2015年10月—2016年12月新签对外承包工程项目情况

■新签对外承包工程项目合同　——新签合同额

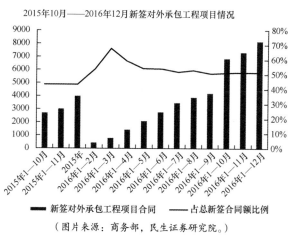

2015年10月——2016年12月新签对外承包工程项目情况

■新签对外承包工程项目合同　——占总新签合同额比例

（图片来源：商务部，民生证券研究院。）

民企参与"一带一路"建设中目前较为推崇的方式之一是通过在"一带一路"沿线国家建立工业园区，鼓励企业抱团"走出去"。比如，通过实力较强的民企牵头投建境外产业园，带领更多的企业抱团"走出去"参与"一带一路"建设。截至 2016 年 11 月，中国企业已在"一带一路"沿线国家建设了 46 个境外合作园区，其中 23 个在东盟国家，共吸引 421 家中资企业入驻，总投资约为 213 亿美元。[1]

红豆集团柬埔寨项目

主营纺织服装的红豆集团在柬埔寨西哈努克港牵头投资建成当地最大的经济特区西哈努克港特区，以纺织服装、箱包皮具、五金机械等传统产业为主。目前，占地 5 平方千米的园区内已建有 148 栋厂房，吸引了 103 家企业入驻，其中包括 88 家中资企业。

三　新城市化和特色小镇

中国社科院副院长李培林在 2017 年《社会蓝皮书》发布暨中国社会形势报告会上发言指出：2016 年中国城镇化率超过 57%，预计到 2020 年将超过 60%，从目前城镇化发展的新趋势来看，乡

---

[1] 数据来源：民生证券研究院，朱振鑫、杨晓，"一带一路"进展全梳理（"一带一路"研究手册第 1 集），2017 年。

村人口大规模向城镇集中的阶段已经过去。

2016 年，新华社发布《国家新型城镇化规划 2014—2020 年》专项文件，绘出了城镇化的蓝图，全面推行城镇化由此拉开大幕。跟以往相比，新型城镇化更追求质量和效率。推进新型城镇化，是把重心从"城"转移到"人"上来，不仅是促进投资、拉动消费，实现富民强国的重要战略举措，也将大大提升城镇居民的购买能力，是消费能力和消费潜力的提升与释放。

新城市化将催生巨大的内需市场。仅以女鞋市场为例，很多女鞋企业开始调整战略，将原有的渠道下沉和前移。新型城镇化整整为女鞋行业带来 3 亿人口的资本市场。

其他与城市化相关的行业都将受益。我们走访的深圳某声光科技企业，低调的企业家向我们展望了城市化给"声光"行业带来的巨大机遇。受益于城市化带来的文化投资和居民视听消费升级，预计未来 10 年，声光设备行业的复合增长率将超过 30%，并且中国将在这个领域有望培育出本土的优秀制造企业，成为世界声光行业的主要厂家。

新城市化带来巨大的固定资产投资。根据《华夏时报》记者统计，到 2017 年 2 月 17 日，中国已有 23 个省公布了 2017 年固定资产投资目标，累计投资超过 40 万亿元，加上尚未公布的省份，2017 年投资不少于 45 万亿元。各地庞大的项目投资计划让 PPP 再度成为市场追逐的焦点。与过去不同，今年 PPP 有望加速落地，并向交通、市政、环保、养老、医疗、旅游等多领域拓展。[1]

财政部公布的最新数据显示，截至 2016 年 12 月末，全国入库项目共计 11260 个，投资额为 13.5 万亿元。其中，在吸引民资方面，按照财政部 PPP 项目库的入库统计，民营企业（含民营独资和民营控股）163 家，占比为 39%。

2016 年 7 月，住建部、财政部、发改委提出，到 2020 年要培育 1000 个左右特色小镇。自此，民营资本热潮开始，从阿里巴巴到华为，从万科到万达，几乎所有的大企业集团都开始涉足。特色小镇作为投资的新领域和发展的新平台，未来将带动多产业发展。建筑企业若能借助好"小镇东风"，将带来大量项目。

特色化是小镇发展的前提，旅游是特色小镇发展的有效路径，资金、土地扶持是基本保障。特色小镇重在特色产业和资源，形成一个强势资源或产业的带动，周边其他产业逐步加入并完善的过程，让优势得以凸显，并最终形成特色小镇独享优势。

随着工业化进入中后期及产能过剩，传统的矿产等硬资源价值下降，而互联网、大数据、青山绿水、传统建筑、古代村落、特色文化等非传统资源（软资源）的价值大大提升。大数据、金融、文化创意、历史经典产业等将成为新的低碳、绿色产业。

---

[1] 数据来源：搜狐（搜狐公共平台），45 万亿固定资产投资是拉动经济的法宝吗，2017 年 2 月 21 日。

以浙江省为例，已经成功完成了两批 79 个特色小镇的创建工作。而特色小镇也为浙江的经济转型贡献了巨大力量。拿杭州而言，2015 年的 GDP 达 10053 亿元，成为国内第 10 个万亿元级城市。[1]

据统计，2015 年，浙江省首批 37 个特色小镇的新入驻企业达3207 家，完成社会投资超过 1500 亿元。在众多支撑杭州发展的引擎中，梦想小镇、基金小镇、云栖小镇、贸易小镇等特色小镇作为杭州市创业创新的重要平台，发挥了重要作用。

从实地调研收集的资料看，首批37个特色小镇计划3年投资2400亿元左右，预计2017年可实现税收收入190亿元。

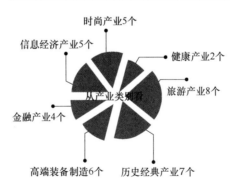

时尚产业5个
信息经济产业5个
健康产业2个
从产业类别看
旅游产业8个
金融产业4个
高端装备制造6个
历史经典产业7个

信息时代，随着我国新城市化和特色小镇的建设，与传统大城市大工业相比，制造业会有许多不同发展特点。我们预测，会呈现以下特征。

---

[1] 数据来源：中国国家统计局统计数据，www.stats.gov.cn。

1. 基于细分创新的"新、小、高、核、前"的集群

新，指的是新技术、新产品；小，指的是所需要的人员少，场地和规模都比较小；高，指的是在产业链里都比较高端，比如是投资、设计、研发高端环节，而不是传统的只承接低端的制造；核，指的是具有核心竞争力或核心的技术、研发或设计；前，指的是比较超前、前卫或领先时代。

和传统的产业园、开发区不同，新城市建设和特色小镇往往具有浓厚的人文、艺术气息，宜居、宜休闲、宜工作，成为许多高科技、金融行业的首选，杭州、深圳、黄山、广州的一些新区、新镇，都实现了整体层面的腾笼换鸟，生机勃勃。

2. 连接促进创新、提高效率、降低成本

新城、新区、新镇的规划与建设天然地要求发挥互联网的优势，将城市、镇区、园区、公共服务机构、企业、物流、仓储、实验室、工作室、设计中心、个人高效地连接在一起；在硬件层面，则利用国家的高铁网、高速公路网、二级乡村道路网，实现快速地沟通。

通过这样的连接，有效促进了协同、共享，并且与老工业集群形成必要的功能互补，从而促进创新、提高效率、降低成本。

3. 人文设计促进新商业文明发育

中国素有"乡绅治国"的传统，新的镇区、村落、园区逐步发育后，天然会发展成为类似古代村落的"美丽宜居宜事业"的单元体，克服早期城市化和工业化带来的"大城市病"和"大工业病"，解决一些在大城市难以处理的老大难问题，如垃圾处理、雾霾和交通拥堵，提高人们的幸福感，最终提高人们的素养，促进新商业文明的发育。

制造业也因此被注入人文的基因，有助于品牌的形成。

许多从深圳去硅谷参观的人都会被 Facebook 和谷歌的花园式环境深深折服。尽管深圳是全国最美的花园城市之一，许多企业园区和住宅小区都十分优美，但与 Facebook 的园区相比还差距甚远。从旧金山到硅谷的高速公路要经过一片区域，右边是些工厂，左边是荒凉的盐碱地，Facebook 的花园总部分布在高速公路的两边。

置身在 Facebook 的花园里眺望远处荒无人烟的盐碱滩，我们会想起以科技创新著称的以色列，科技先驱们真是值得尊敬，在盐碱滩和沙漠里建立起来的，不仅是花园和科技，还是人类的梦想。

什么时候，我们的小镇上也能诞生这样的伟大公司呢？

看来是不太远了。

第五节　本章小结

雷军说："只要站在风口上，猪都能起飞。"

刘强东说："未来 10 年最好的机会在制造业。"

刘永行说："时代给了我们机会，我有能力把事情做好，把人才培养起来，你不感觉高兴吗？对自己好，对家人好，对员工好，对政府好，对社会也好，为什么不做呢？……量力而为嘛"。

中国制造，不是风口上的猪，而是风口上的鹰，它的眼中，是无限的未来。

顺势，正如德国哲学家叔本华所言："在自己身上，克服这个时代。"

第五章

制 胜

唯有企业的制胜，才能带动整个制造业的制胜；唯有制造业的制胜，才能奠定整个国家经济与文化的制胜，在过剩的时代，发现比黄金还要珍贵的密码。

我们，是中国制造；我们，承载着使命。

讨论中国制造的制胜，立足于企业，有十大核心密码：①常识做生意；②使命分担制；③客户数字化；④梯度策略；⑤数字价值链（DVC）；⑥部落化经营；⑦持续创新；⑧工匠精神；⑨制造＋；⑩商业领导力。

第一节　核心密码1：常识做生意

江西赛维，成立短短 3 年就成为中国新能源领域最大的 IPO，创始人彭小峰 2008 年位列中国内地富豪榜第 4 名，33 岁时个人财富就高达 400 多亿元，2008 年订单就排产到 2018 年。然而就在 2008 年，美国金融危机爆发，赛维资金链断裂，市值缩水 90%以上，公司被迫申请重组，彭小峰离去，仅 12 家银行持有赛维集团破产重组公司债权就高达 271 亿元，赛维开始了漫漫的重生路。[1]

---

[1] 数据来源：凤凰网，新能源首富难阻赛维破产，2014 年 10 月 24 日。

而同样是这个行业，刘永行完全是按照商业角度来考虑的。"有些企业在多晶硅 500 万元/吨的高点杀入，我们一直在旁边观察，多晶硅价格断崖式下跌，300 万元，200 万元，100 万元，80 万元，50 万元，30 万元，我们还不做，跌到 20 万元时我们开始认真思考，14 万元时我们杀入。你问我的底气？就是准备多晶硅跌到 7 万元时还能长期活得好，5 万元时还能盈利，3 万元时还能维持。"

作为商人，彭小峰发现了巨大的商机，并迅速取得了成功，无可挑剔，后面造化弄人，持久的商业不仅需要运气，还需要别的。

而刘永行则以最冷静的视角告诉我们什么叫生意，怎么看待生意里最重要的"价格"。怎么理解生意的本质是"生存"，然后是赚钱。

华为内部对"生意"的诠释是非常清晰的。任正非说："我们要向小米学什么？学习营销模式。我们没有绝对地排除互联网思维，也没有绝对肯定，而是实用主义心态，根据不同的情况选择不同的'武器'。我只有一个思维——利润。"

华为总是从生意常识角度来对待客户和发展业务。

根据公众号"心声社区"公开文件，2017 年 024 号华为总裁办邮件中，专门谈了消费者业务应关注最佳用户体验，反对无价值的盲目创新。包括：

（1）面对客户销售的界面，终端软件设计一定要有继承性，不要无价值地盲目创新。

（2）希望缩小面对用户的开发平台，多平台设计其实也是浪费；手机 P 系列换到 Mate 系列，界面不一样，要改变这种情况；低端机做到标准化、简单化、生命周期内免维护化，通信功能最好，中文系统最好，通过用户体验逐渐去感受，把 1Gbps 上网能力放到中低端机上去，就能做到以消费者为中心。

（3）关注最佳用户体验，组合世界最优质的供应商，结成战略合作伙伴。

华为在俄罗斯做生意，基于人性和生意的常识，最终赢得了用户。

莫斯科不相信眼泪

2000 年的圣诞节，莫斯科格外寒冷，跨国公司的员工们都回国过圣诞节了。对于华为公司莫斯科代表处的员工来说，俄罗斯电信的机房里并没有华为公司的设备，也没有订单。1996 年以来，他们已经在寒冷的俄罗斯待了整整 5 年，还没有任何订单，俄罗斯人不相信中国有高科技产品。他们只能像往年一样，节前努力拜访官员和客户、举办酒会、送礼物和祝福。一切都是礼节性的，看不到任何商业的机会。莫斯科代表处的十几号华为人被失望的情绪笼罩着，但他们必须留在这里，还是一如既往地蹲守。他们知道，客户此时最担心的一定是"大过节的不要出什么岔子"，如果出现，就需要维护方的紧急援助，没准华为公司能帮上忙，至少我们还有人在。

深夜，某中央机房设备出现了紧急故障，"嘟……嘟……嘟……"，闪烁的故障灯烧灼着俄罗斯值班人员的心，城市中心区域的通信中断了，当然，是外国厂家的设备，只是他们的工程师都回家了。

俄罗斯人终于想到了中国人，因为这时候只找得到中国人。其实只是很小的问题，但是伏特加民族不管，谁搞得定跟谁喝酒，华为终于得到了第一个订单，37美元。

俄罗斯电信市场从37美元开始，从此向中国人敞开了大门。从2001年开始，公司业绩呈直线上升，仅2005年，华为公司在俄罗斯的销售额就猛增到6.14亿美元，如今，华为已成为当地主要的通信设备提供商之一。

莫斯科不相信眼泪，眼泪或许从此属于外国通信厂家。

制造业本质上是一门生意，制造业的许多发展往往与各地产业园、开发区、高新区、自贸区有非常紧密的联系，也是主要的商机所在。

对民间投资的项目，企业家们十分关注盈亏管理，出现亏损时，止损也比较迅速有力。

对政府规划主导下的产业投资，其规划初衷、设计理念通常都是很不错的。因此，制胜的关键在于，让它们的运作能够回归到生意规律，要让项目盈利，这样启动后就能够自我良性循环。

例如，京津冀一体化背景下的曹妃甸区开发。

曹妃甸区于 2012 年 7 月经国务院批准设立，总面积 1943 平方千米，其中耕地 38 万亩，拥有可利用海岸线 69.5 千米，已开发利用 20.03 千米。全区常住人口 26.87 万人，下辖曹妃甸工业区、唐山湾生态城、南堡开发区以及 3 个镇、10 个农场和 2 个养殖场。曹妃甸工业区是全区经济中心和开发建设的主战场，规划面积 380 平方千米（陆域 310 平方千米、水域 70 平方千米），由港口物流园区、钢铁电力园区、化学工业园区、装备制造园区、综合保税区、新兴产业园区、高新技术产业园区（原中日生态工业园）7 个产业园区和临港商务区组成。（资料来源：搜狗百科词条，曹妃甸。）

招商引资成功的关键在于引进"会做生意的企业家"，企业家来了，生意成了，后续的发展就有了。如果没有企业家，只有房屋、工厂、设备、道路，就不会有生意，或者生产了就是亏损。

从另一个角度，产业园规划本身能否成功，从一开始就从企业家当中集思广益，也不失为好的做法。

对园区和企业来说，密码都是一样的，按常识做生意。

第二节　核心密码 2：使命分担制

"上善若水，水善利万物而不争，处众人之所恶，几于道。故君子致良知，心底之恒照也，而善养乎浩然之气，天行健而自强不息。"

人，是制胜的根本，企业的根本，事业的根本，梦想的根本。

改革开放以来，我们在引进西方资金、先进技术、设备的同时，也引进了先进的管理，泰罗、法约尔、稻盛和夫、松下幸之助、科林斯、科勒、德鲁克……中国制造 30 多年的大发展，离不开西方先进管理思想和经验的帮助，但它们也存在一些固有的限制，在大型国企、民营创业企业的管理方面出现了许多不适应。

中国的许多民营企业是家族企业，这个特征短期内不会变化；中国的许多国有企业是国家控股企业，这个特征短期内也不会变化。怎样用管理改进民营企业？怎样用管理激活国有企业？这是中国制造的两大管理需求。

中国制造企业在新一轮的转型发展过程当中，客观上呼唤新的管理机制，一种能够融合我国传统优秀管理思想、适合中国文化特质和国情特点的新管理机制。

这种管理机制，不仅要能够适应新时期企业管理发展的需要，助力企业成功，而且本身要成为中国制造业的"软实力"，成为中国制造业引领世界的一个核心要素。

换句话，中国制造，不仅能以硬立本，而且能以软胜硬，最终能实现刚柔并济和以柔克刚。

一 刚：绩效责任制

以客户为中心的经营"绩效责任制"（各公司叫法不尽相同），是指企业的责任承担者对责任范围内经济成果和经济效益应当负责。RM（责任矩阵）是美世、麦肯锡、波士顿等国际大咨询公司做咨询的基本概念，也是企业管理咨询的关键套路之一。

绩效责任制强调责任的划分，主张分权，推行责任到个人或具体岗位，基于个人或岗位来进行业绩评价，与西方的主流思想文化和传统是相吻合的。它的价值理念是由外向内的，比如"某个客户为公司带来多大的价值"。

绩效责任制面临的困难中，首当其冲的是大目标和小目标的统一，或者说是大责任和小责任的互相支撑，直观体现出来的就是执行力问题。

在华为与西方国家公司的竞争过程中，我们注意到，许多西方国家公司深具执行力差之弊、责任过度划分之弊和过于突出个人责任之弊。

不管怎样，绩效责任制已经成为中国许多企业的共识和做法。在企业内部划分事业部或责任中心，基于流程和岗位建立起一整套权力、责任、职级、任职资格、薪酬、考核激励、内控等配套的管理机制。从战略解码到年度计划，从计划到业绩目标和KPI，结果导向、责任导向、绩效导向、过程监控……成为大家熟悉的运作体系，也成为现代企业的标志之一。

2017年2月，青岛某特大型企业针对内部责任推诿、市场业绩大幅下滑的现实，其总裁主动采取简化指标的方法强化绩效管理，希望扭转市场颓势，以下为原汁原味的会议要点。

必须要改和变，要快速见到成效，重要的东西需要策划，分两个阶段。

（1）立即干什么。简化指标，简化平衡记分卡中讲的衡量指标，明确目标值，层层落实宣贯。从定任务开始就要向下进行绩效管理，要用绩效管理把自己管起来，把人管起来。营销管理部和人资部找一本最简单的绩效管理书籍发给大家学习。目标确定之后要评价，对应到个人的薪酬中去。总部方案在下周内下发，分公司接后一周内宣贯完毕，总裁亲自负责电视宣贯会。精简衡量指标，明确目标，层层沟通，个人绩效和组织绩效挂钩，要让营销员有激情去竞争，增长就要靠激情和竞争。冰箱和空调的时间和过程自己确定，但要向总裁汇报。

（2）对于结构性东西，通过测算提出来。倾向于华为的基薪倍数做法，取消百分制和单项激励，核心业绩/财务业绩指标+重点工作指标，核心指标对于分公司总经理就是收入和利润，对于办事处经理就是收入和回款，重点支撑指标是占有率、NPS、资金周转，可以包括高端产品任务完成，不要再考核别的。引导其从绩效角度管理，其他重要指标分解到部门长和办事处经理身上去。对办事处经理，核心为收入和回款+重要指标占有率、高端销售、渠道拓展；对营销员，核心是输入收入回款+高端销售和渠道拓展。高端销售凝聚着流程和人的能力。此次要解放思想，必须要精简指标，突出主要，引导大家真正追求重要的东西。

绩效责任制改变了改革开放前中国企业"职责不清、吃大锅饭"的落后管理面貌，推动中国企业不断进步。联想、海尔、海信、华为、格力、TCL、创维、美的等一大批企业都建立了各具特色的绩效责任制，推行了卓有成效的公司管理，建立了适合自己公司的文化，取得了成功。

华为曾认为，现代商业社会是一个基于不信任的体系，所以格外重视流程清晰、岗位描述、责任划分和考核激励。华为自身也建立起一整套完善的基于责任中心的绩效责任制，覆盖了全球170多个地区、三大业务 BG（Business Group）、2000多条子产品线、几千个重大项目、几百个重点客户、20多个研究所共17万余人，在华为管理的具体表现形式和运作（注意：不一定是华为管理的内核精髓）成为绩效责任制管理的典范。

二　柔：使命分担制

如果说绩效责任制是管理的"九阴真经"，那么使命分担制就是管理的"九阳真经"。

王阳明说"致良知"，本质是"要遵从内心的良知"，要"心有恒照"，就是遵从内心和遵从良知，并把良知作为内心的信念而笃行，形成知行合一。这个"良知"的语义理解，很大一部分就是"使命"。

什么是使命分担制呢？就是以使命为最高信念和核心，基于使命的达成而建立起的一整套的认知、接纳、分担、行动、评价、激励、修正的闭环管理机制。它的价值理念是由内向外的，比如

"以满足客户价值最大化"为使命。

使命分担制更关注思想的统一，关注集权下的分权，主张以某个最小"管理单元"为核心，而不刻意将责任落实到个人。

如果使命的理解源出多方，就容易有不同的理解，产生路线或方向之争，因此，使命分担制天然地要求思想、理念、目标的集中统一。

方太在构建企业文化的时候，专门提到四条，即"以顾客为中心"、"以员工为根本"、"快乐学习、快乐奋斗"、"促进人类社会的真善美"，这四条也十分完整地解释了什么是企业使命和企业的使命感。

基于使命和使命感构建团队，是具有明显的经济学和商业上的好处的，在目标达成、内部交易和基业传承三大方面，都具有显著的低成本优势，一旦达成思想和目标的高度统一，其内耗或内部竞争、内部交易的成本就会非常小，执行力会达到最大化。

使命分担制的经典案例广泛分布在近百年来一代代中国人自强不息的奋斗历史中。自1840年以来，一代代中国人肩负民族独立、富强、复兴的使命，呕心沥血，前仆后继，创造了惊天的伟业。典型如我国的"两弹一星"科学前辈、1998年的抗洪抢险团队、早期石油工业的先进单位和个人等，不胜枚举。

不妨思考一下，如果我们的先辈从一开始就实施"绩效责任制"，结果将会有怎样的不同？

许多大公司出来的创业者，一开始就把大公司的"绩效责任制"带到创业团队，往往适得其反。

三 绩效责任制的反思

从公司制度和流程文件等来看，华为公司现阶段具体表现形式上主要是推行"绩效责任制"的，对员工的要求用四句话表述：

① 高层要有使命感；
② 中层要有危机感；
③ 基层要有饥饿感；
④ 全体都有责任感。

根据这"四感"，我们发现了华为对使命的高度重视。

如果按照责任和责任感去组建团队，那么企业基本会基于流程、组织、责任单元、岗位、KPI 和全方位的内控来构建，企业在寻找人才时，也一定会基于他的成功经验和业绩。这样做的好处是显而易见的，那就是团队的"业绩"和"利润"是可以预期的，而其缺点也是显而易见的，主要是以下 3 点。

① 责任到底是什么，内生的还是外加的？

② 聚焦"业绩"和"利润"有可能导致最终忘记"客户"、"价值"和"责任"。

③ 聚焦"考核"有可能导致只关心上级意见，并一切以上级为中心。

众所周知，管理责任一定是外加或外部赋予的，自然也是外部认定的；业绩和利润指标也一定是外加的，自然也是外部考核认定的。外部通常是谁呢？一般认为是客户，包括外部客户和流程客户，但在执行过程中，通常会转变为直接上级。

任何管理文化、管理原则的背后，一定要与基本经济规律的思考联系起来。什么是经济规律？就是供需决定价格，需求不断下降，边际收益降低，交易成本不断上升。"责任"背后是"岗位"或"职位"，再之后也意味着"管理权限"和"利益回报"。

权限和回报是有限的和稀缺的，而想要的人是不断增加的，这就产生了供求矛盾；岗位刚开始，其贡献是快速上升的，稳定之后就开始逐渐下降，而它要求的回报是递增的，从而产生权限和贡献的不匹配，容易导致发生内耗，因为它会破坏许多人的认知、最低接受水平和期望。内耗会增加交易成本，于是，就形成一个特殊的管理闭环，在这个闭环里，"责任"不断被强化，权限不断集中，流程不断增加，基于"履行责任"的监控不断增加，内部交易成本不断上升，最终出现价值负增长。

在企业快速发展的时候，这个问题不太明显，随着规模的放大、员工薪酬的增加，问题开始暴露，开始出现"唯上"的现象；进一步发展后，出现公司内部的"拍马屁"和"歌功颂德"文化，而且都打着"责任"的幌子，导致许多公司"官僚化"和"文牍主义"，执行力十分低下。许多500强企业、大型企业都出现了这个问题。

某种程度上，过分严重的"绩效责任制"有可能把人导向"恶"的一面，为了"责任"和"业绩"而不择手段，变成企业业绩管理上的"兴奋剂"和"红舞鞋"。

在第3章"舍弃"中，我们提到了许多中国企业应该舍弃的东西，许多与过度推行或不当推行"绩效责任制"有关。

这也是许多有识之士和企业家的共同忧虑，是人们不愿意看到的结果。基于责任和责任感组建团队是人力资源管理的"真理"，最终却可能收获"忘记责任"这样的结果。

许多90后年轻人直观地反感"责任"这样的字眼，他们不愿意服从所谓的公司责任管理文化，按照中山大学哲学系博导冀先生所分析，90后这种情况和"责任"的外在强加及不当强化有密切关系。

随着进入信息时代，互联网无处不在，信息越来越对称；随着中国传统思想和文化的复兴，随着中国新一代受过良好教育、有更多独立思考能力的年轻人接过接力棒，随着中国企业持续国际化，随着中国开始走自己的技术创新线路，以西方管理思想和文化为根基的"绩效责任制"越来越显出管理的不适应性。

中国制造转型和升级的历史阶段，呼唤东西方管理思想的融合，呼唤更多的管理机制选择，呼唤更多的企业管理改进和创新。

在管理当中，不仅要会"九阴真经"，也要会"九阳真经"。

四 使命分担制和绩效责任制的融合（刚柔相济）

我们把使命分担制和绩效责任制整理如下（不限于表中的15个方面）：

序号	内容	使命分担制	绩效责任制
1	建立标志	基于使命认同、承诺，以集权为主，突出资源贡献与回报共享	基于契约和分权，强调资源配置和投入产出
2	典型组织	多层级跨功能小组	矩阵式责任组织
3	客户	以客户为中心，为客户创造价值，创造自身价值	以客户为中心，为公司创造价值
4	管理基础	基于使命分担	基于责任划分
5	权限管理	"集权–分配"机制	"分权–行权"机制
6	目标来源	上级分配的任务	完成预设的责任和KPI
7	目标分解	上级分解，计划分解	上级分解，计划分解
8	目标载体	到BU或作战单元	到个人或岗位
9	业绩计量	刚性"计划–预算–核算"	弹性"计划–预算–核算"
10	业绩评价	预定标准，完成率	预定标准，偏差率
11	适用	两弹一星团队； 创业期的华为公司； 创业公司、成长期公司、转型期公司	GE、IBM、飞利浦； 成熟期的华为公司

（续表）

序号	内容	使命分担制	绩效责任制
12	建议股权模式	100%控股；全员持股	混合股权比例；合伙
13	决策效率	顶层决策，比较慢	分级决策，比较快
14	交易成本	一般较低	不断升高
15	公司传承	一般很清晰	凭股权或实际控制权

根据我们的分析，许多实行"绩效责任制"的公司早期或当前都有过"使命分担制"的做法，一些公司也一直保留局部的"使命分担制"。

典型的如华为公司，在早期创业、在新市场拓展、新项目研究、客户攻坚获取、竞争对手对决阶段，其内核都具有显著的"使命分担制"成分。众所周知的"华为铁三角"和"让听得见炮火的人指挥战斗"，本质上是"绩效责任制"下责任界限过于鲜明而导致一线作战效能削弱，最终按照"使命分担制"调整回来。其直接标志是，考核"铁三角"时，是按照一个作战单元整体来考核的，客户经理、产品经理、交付经理的业绩和奖金包是完全捆绑在一起的，不再具体到个人或岗位。

华为公司战胜西方竞争对手的整个成长史，本质上就是若隐若现的"使命分担制"与"绩效责任制"的融合与有效运用。

每当华为强化"职业化"、"打工意识"和"绩效责任制"的时期，几乎都是熵值上升、人员流失、综合满意度下降的时期。

华为管理上面临的"内部反腐"和"接班人"问题，本质上也是两种机制融合不充分的遗留产物。在"全员持股机制+绩效责任制"下，如何"勇于反腐"？如何"顺利交接班"？这可能是管理大师任正非先生的两个巨大考验。

使命必达，责任清晰，善用"使命分担制"，以责任制管理作支撑。

五 使命分担制的基本实施步骤

结合方太、华为和深圳其他一些优秀企业的管理实践，寻找和构建具有使命感的团队，建立"使命分担制"，辅以责任管理支撑机制，是中小企业制胜的核心密码。

其基本步骤如下：

第一步，使命识别、认知与召唤；

第二步，团队和个人接受使命与承诺；

第三步，战略与战术二级转化使命成为价值、责任、任务、行动；

第四步，具体分担使命到基本管理单元，行动计划分解到人；

第五步，资源分配和利益共享机制设计；

第六步，"计划–预算–核算"（刚性为主，适度弹性），计量与评价；

第七步，使命达成跟踪与修正。

上述七个步骤构成了以"使命分担制"为主、责任管理为支撑，将企业的使命、责任、价值三者有机统一起来。

六 利出一孔，力出一孔

《管子·国蓄第七十三》中提到："利出于一孔者，其国无敌；出二孔者，其兵不诎；出三孔者，不可以举兵；出四孔者，其国必亡。"战国时期，商鞅在《商君书》中也提出"利出一孔"的思想。

"利出一孔，力出一孔"是有效落实"使命分担制"和管理责任的基本方法。

"利出一孔"是贡献分配来源，在共同使命之下，企业上下的利益是一致的，贡献来源是清晰的，没有额外的利益通道，利益规则是明规则，没有潜规则或灰色来源。

"利出一孔"是"力出一孔"的必要条件，在"利出一孔"的前提下，大家能够把使命真正转化成责任，并为之奋斗，从而落实了使命分担制。

我国存在国有企业和民营企业两种截然不同的所有制形态，不同类型的企业在实施"使命分担制"方面是不同的，都是"利出一孔，力出一孔"，在经营管理上，二者的"利"和"力"是有所区别的。

国有企业是国家的经济命脉，其"利"是分层的，第一层是"大利"，即完成国家赋予的使命、战略、任务和目标，保持国家的核心竞争力，比如芯片、火箭、飞机、航母、超高压输电、核能、超级计算机等；第二层是安全层面"红利"，为整个社会提供安全产品、基础设施和必要的福利，帮助整个国家和社会抵御重大经济风险；第三层是经营层面"实利"，包括销售收入、利润、投资回报等具体经营层面的实际利益。

而民营企业的"利"基本上只有一个，就是经营层面的"实利"，包括销售收入、利润、投资回报等具体经营层面的实际利益，这层与国有企业的第三层是一致的。

但民营企业不能简单地把经济利益等同于"利出一孔"的"利"，如果这样做，就容易导致内部是完全的雇佣关系，不利于员工认同和团队凝聚，不利于企业成长壮大。因此，其"利"还需要围绕企业本身的使命来定义，比如"丰富人们的生活"、"服务美好和谐家庭"等。

比较国有企业和民营企业，就看出了各自重心的不同，因此，同样是"奋斗者"，奋斗的目标有区别，奋斗的"力"也略有不同。

在这种情况下，民营企业通过高尚思想、人文价值去感染、熏陶员工，塑造企业的文化和精神世界，具有重大的意义，能提高员工的归属感和价值成就感，从而赢得更高层次的"利"。

这样，就能基于"使命分担制"做到"利出一孔，力出一孔"。

第三节 核心密码 3：客户数字化

以聚焦客户需求为核心，以为客户创造价值为核心，以为客户承担责任为核心，以基于客户的价值传承为核心，并且将客户管理数字化，这是制造业制胜的基石。

数字化管理是未来企业的基本功，客户的数字化管理一定要落实到基本管理单元。比如，华为的基本管理单元是"基站"，方太的基本管理单元是"每户厨房"，海尔的基本管理单元是"用户"。数字化管理客户，一方面是用精确的数字模型描述客户；另一方面，则是运用数字分析来寻找满足客户需求、提供客户服务、创造价值的最优方法。

借助于大数据、物联网、云计算等新的信息平台，可获取精准的数据洞察，改造整个研发、生产、销售等环节，实现企业资源的协同互联。以数据化视角，按照不同维度建立客户价值曲线和需求清单，追踪价值变化；同时与竞争对手价值曲线、行业价值曲线比较，能够帮助企业发现在客户价值创造中优劣势，从而找到提升价值的解决方案，实现数字化管理客户。

首要的是客户需求数字化。

客户需求数字化要从每个细节上考虑，从产品感知、认识、购买、拆包、移动、安装、使用、维护、回收等全产品生命周期里，把这种细节具体化成标准动作，落实到企业内部的研发、设计、生产、产品配套文档、服务配套当中，并数字化管理。

南京能益节能科技有限公司是一家致力于建筑节能和装饰领域产品、系统及应用解决方案的研究、开发和生产的科技创新型高新技术企业。十几年来，公司切切实实地聚焦客户需求，建立了数字化的客户需求文档，取得了市场的认可。南京能益的鲁贤忠先生给我们介绍了企业的经验。

建筑物的特点是一旦建成使用寿命一般在 20 年或更长，这就要求建筑材料使用寿命长。在研发产品时我们特别关注产品的使用寿命，不管建筑节能产品、建筑装饰产品还是配套产品，我们提供的产品保证使用寿命超过 25 年。

建筑材料不同于日常消费品，拿回家打开包装就可以使用，而是需要提供优质的产品、配套的产品，更需要告知客户怎么去施工，更有效率、不出错地施工，特别是新型建筑材料。就拿我们公司建筑装饰产品 BASSO®柔性装饰材料为例，虽然建筑物业主是我们的最终客户，但相关方（设计师、施工方）都是我们实现对客户承诺的重要的方面，所以 BASSO®柔性装饰材料是以业主、设计师、施工方为中心的，要满足他们各自的需求，从而实现产品销售。

我们将 BASSO®柔性装饰材料定义为"实现设计师的梦想"，为设计师提供设计建筑物的素材——颜色、纹理、几何形状及排列组合。通过与设计师合作的这种方式，我们已成功实现了数千个案例。

施工质量的好坏对建筑材料的应用起着关键作用，我们在设计 BASSO®柔性装饰材料时，根据建筑外饰市场上占主流的烧结劈开砖，开发出 BASSO®柔性面砖，尺寸、手感与烧结劈开砖类似，这样工人在施工时不觉得有差异，但 BASSO®柔性面砖单片的质量仅为烧结劈开砖的五分之一，减少了工人的体力付出，提高了工效。为了提高效率及降低工人操作的难度，我们又开发了 BASSO®柔性组合面砖，原来工人每片都要画线，然后一片一片贴，而我们的组合砖可以将 24 片或更多片组合在一起，工人只要按组合砖的大小画线即可，节省了很多时间，可一次性贴 24 片或更多砖，工效提高 10 倍以上。BASSO®柔性组合面砖还有两个优点：可将设计师设计的不同颜色的砖放在一张组合砖上，同时缝宽还可保持一致，外观非常美丽。

我们除了为建筑物业主（或客户）提供耐用产品，还根据客户的需求进行开发。比如石材产品，自然界比较少，且脆性大、不易施工、造价高，我们开发出大理石系列、花岗岩系列、山地石材系列等；为配合乡村建设、民宿改建，我们又开发出乡建系列、民宿系列产品等。

经过我们的努力，公司产品得到众多客户，如金地、恒大、五矿、栖霞建设、绿城等房地产公司的认可。

卡车司机最担心的事情是安全和节油，而安徽华菱星马用数字化的方法，把这二者都做好了。

华菱重卡在客户价值上有两项数字化指标：一是安全性；二是节油性能。据了解，自2004年以来，有超过15万辆华菱重卡驰骋在国内外，但截至目前还未收到一起有关驾驶员死亡的案例报告。越来越多的卡车司机将华菱重卡的驾驶室形容为生命的保护仓。华菱重卡节油的原因，是华菱重卡有自己的汉马系列三大总成件，这是华菱专为重卡产品自主开发的，能与产品进行最合理的匹配。

制造企业需要构建以客户为中心的敏捷制造，延伸拓展的企业需要推动以产品、客户价值诉求和知识经验为核心的服务转型，打造客户价值网络，并实实在在地将客户的需求和各种信息进行数字化的管理。

从管理工具来说，华为公司推行的 MM（市场营销管理）、IPD（集成产品开发）、铁三角、L2C（市场线索到回款）、ISC（集成供应链）、CS（客户服务）是相当有效的识别、落实、管理客户需求的方法，实现了"客户压力自外向内的层层传递"，最终落实到通信基站，为全球所有华为基站建立数字化"脸谱"，打造出一个以客户需求为核心的企业"营销–研发–交付–服务–回款"数字化管理平台。

华为的整个管理平台是数字化的，深圳坂田建有规模巨大的企业数据中心，在企业数据和存储业务上，华为也在不断拓展；华为正在为全球每一个使用华为设备的基站建立数字档案，将客户需求的管理延伸到最小的基站单元。

海尔花 10 年时间做了一件事情，就是基于互联网的制造企业的转型。海尔甚至为了基于用户的概念，把整个组织都打碎了，一家 8 万人的企业两年裁掉 2.6 万人。海尔这家传统的家电制造企业已经成为今天可以在世界范围内产生价值的企业，甚至可以去收购通用电气的电器部分。海尔如此成功，是因为它有真正的用户思维。

第四节　核心密码 4：梯度策略

一　什么是梯度策略

积少成多能够积累势能，但势能转化时却常具有集中释放的特点。企业日常均匀支出虽然有助于降低风险，但会削弱投资势能。采购谈判中，小批量、小规模虽然具有库存上的灵活性，却损失了议价的优势。对一个老建筑、老社区或一台旧设备不停维修维护，虽然仍可使用，却显然会制约新设计或新业务……

我们认为存在一种"梯度策略"，其本质是一种投资策略、发展策略。采用梯度策略，可以获得显著的商业益处。

结合边际效益递减规律来思考，一个总盘子为 1000 万元的投资，如果分成 100 份，每份为 10 万元，分别投入，那么通常会出现每份投资的收益回报递减的情况，把它们的总和相加，要小于一次性的 1000 万元投资。当然，风险则反过来，分次投资的风险是要小一些的。我们也不妨把它写成以下公式：

$$V\left(\sum I_1, I_2, \cdots, I_n\right) \leqslant V\left(I_{\text{total}}\right)$$

其中，V 代表价值；I 代表投入/支出。

从 I_1 到 I_n 的阶段，是蓄积的时间段，在这个时间段内，如果采取一定措施不断累积，就能够获得"复利增长"。许多精明的投资者或管理人员会尽可能延长"复利增长"的时间，来实现最大化累积，从而获得最高收益。

制造业的品牌管理可以充分应用梯度策略，直观地说，就是通过时间、消费的不断累积，将产品和服务打造成为让消费者在直觉上感到更加舒服的状态，直至在某个"梯度"上，消费者养成了习惯，认可产品和服务而成为品牌。

根据现代行为学研究，保持业绩的关键不在于为消费者提供完美选择，而在于提供简单选择。留住顾客的重点并非适应不断变化的需求，以及在理性或感性上保持最大限度的匹配，而是在于不要让顾客被迫做出另一种选择。

由此不难看出，不停顿的广告轰炸、宣传、强迫营销，可能能够给消费者带来产品或服务的认知，但是未必能培养消费者的习惯，也就未必能培育出品牌。

品牌，一定是基于时间长期累积而成的，是长期投资得来的。所以，有远见的企业会充分利用梯度策略，尽可能努力地生存得长久一些，直至成为百年老店。

1996 年迈克尔·波特在《哈佛商业评论》上发表经典文章《什

么是战略》，文中所列举的企业包括西南航空、Vanguard 和宜家等，都是长期竞争优势的典范。整整 20 年过去了，这些公司依旧位于各自行业的领先位置，遵循的战略和品牌策略基本上都没有变化。谷歌、Facebook 或亚马逊这些巨头，看起来也能在相当长时间内保持其竞争地位。

为什么呢？因为这些企业创造了"累积优势（Cumulative Advantage）"，让企业的领先地位在消费者心中一直延长，这是梯度策略的典型应用。

梯度策略的最佳应用在于发现企业的各项红利、优势，然后蓄势而发，实现企业的"阶梯式"升级换代。

有时也可以借鉴"梯度策略"来发现企业贪污腐败。

其机理在于，如果一个人在企业关键岗位的时间太长，就足以累积"寻租冲动"，一旦监管失效，就容易导致最终寻租，造成很大损失。我们实际研究中，某企业的一个区域市场主管，从该区域启动开始，就一直在负责，时间长达 10 年以上，最后该区域出现了严重的"集体寻租"行为，有些管理者虽然没有参与，但也不作为。公司发现后进行了果断处理，但仍然给当地市场造成了重大伤害。

随着中国制造企业不断国际化，产品品牌、海外投资、海外干部等的管理问题也越来越多，梯度策略可以给企业十分有效的帮助。

二〉管理红利

1. 累积红利优势

主流经济学家分析中国经济高速成长时，使用了"人口红利"、"改革红利"这样的术语，这种红利是总体经济层面的，是顶层红利。享受某项红利，就可能促进企业获得长足的发展。

而从企业角度，有微观视角的企业红利，它指的是企业在特定时期所享有的某项优势，而这项优势是外部所赋予的。

按"梯度策略"，企业采取系统性管理，不断累积红利优势，从而能够获得额外成长。

世界级的伟大企业通常是多重红利下的产物。比如，美国为企业提供了长达 200 多年的稳定的安全红利产品，也提供了全球化红利，为美国企业的全球贸易、规模扩张、资本输出提供了最大程度的便利；美国也为企业提供了人类有史以来最多的技术创新红利；借助移民的优势，美国企业还享受了最多的多元文化红利；特别地，美国企业享有美元货币体系下的各项金融红利。

因此，美国诞生了许多世界 500 强企业。

　　而中国的华为,显然也得益于中国长达30多年的全球化红利、通信业固定资产投资红利、金融宽松红利、低成本技术人才充裕红利、深圳改革开放先试先行政策红利等,没有这些红利,很难想象华为能发展成为世界通信业的领导者。比如,经常为人们所忽视的深圳改革开放先试先行政策红利,如果没有这项红利,把华为放在深圳以外的任何其他城市,许多华为赖以支撑的模式就可能无法成功维持,如最核心的全员持股制度就可能夭折,那么华为的各项人力资源策略就失去了基石,而吸引不到充足的人才,华为就不可能成长得那么快!

　　我们用数据来显示华为人均销售收入的增长,从而从侧面看到华为基于综合红利,尤其是人口红利、改革红利和自身的人力资源政策所产生的巨大价值。2001—2016 年,华为人均销售收入从 57 万元上升到 234 万元。

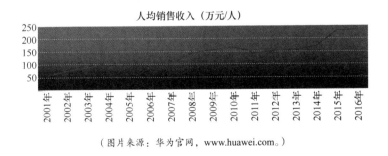

（图片来源：华为官网，www.huawei.com。）

　　2016 年, 华为研发工程师的人均年薪已经达到11.3 万美元/人,仅次于谷歌和 Facebook, 告别了低成本人才红利。

对于中国制造企业来说，发现、善用和管理"红利"是需要积极主动去做的一件事。我们认为，对于中国企业管理红利，最重要是两件事：

① 发现、适配和管理红利；
② 基于红利选择合适的扩张战略。

管理红利将非常有助于许多中国企业突破现有的天花板，当然，也包括发现自己真正成功或失败的原因。

我们说顺势而为，某种意义上也是"顺红利而为"。有些钢铁企业，在经济增长周期成功，就误以为自己经营管理的成功，殊不知只是享受红利的结果，结果衰退期一到，企业就快速下滑。

2. 发现红利模型

顶层红利是人们熟悉的，包括全球化红利、国家安全红利、地缘红利、技术创新红利、文化红利、自然资源红利、人口红利、制度与改革红利、金融红利、投资红利等。

对于微观层面的企业红利，我们使用二维矩阵来帮助企业发现和适配。需要注意的是，这些红利都是以时间作为约束的，它们在不同的时期是不一样的。

（1）只考虑内部生产发展而进行的企业红利模型适配

生产要素	红利描述	生产要素	红利描述
材料	价格上涨	安全	政策限制
能源	价格下降	汇率	互联网促进
土地	监管宽松	信息	互联网降低
人才	监管严厉	交易	供给短缺
技术	地区安全	质量	供给过剩
资金	地区动荡	监管	改良型提升
税/费	政策优惠		破坏型替代

通过对生产要素和红利描述的组合，有助于发现企业生产所具备的红利特征所处的阶段。

以家用电器行业为例，在 2017 年 1 月到 2017 年 6 月这段时间内，面临的不利情况是原材料价格上涨、人力成本上涨、人力供给短缺、土地供给短缺、汇率下跌；它所享有的红利是互联网促进、技术改良型提升、出口政策优惠、原有土地价格上涨等。

（2）考虑竞争的企业红利模型适配

竞争要素	红利描述	竞争要素	红利描述
品牌	看跌	区位/地缘	
净资产价格	看涨	资金	
技术与研发		公司治理	
供应链		接班人	
销售体系			

以三星为例，在"电池事件"之后，它的品牌、净资产价格、供应链、销售体系、资金、接班人等都是看跌的。

3. 下个 30 年红利区

中国制造业在下个 30 年仍然能享受到许多红利，这是中国制造企业巨大的发展机遇，其中一些核心红利是许多国家不具备的，中国制造企业可以充分利用梯度策略获益，主要有五个方面。

（1）安全红利

首先是中国制造企业能够继续享受到国家安全带来的基础红利，有一个非常稳定的、安全的、坚强的中国作为发展的大本营，有中国大市场作为发展的基础，这个红利，是其他国家不可比拟的。

国家长期以来持续在维稳方面的投入，给中国企业创造了巨大的安全红利，也直接带动了相关产业，尤其是军工、安防、消防、IT 等产业的发展。

如信息安全领域，从基础骨干网络到企业局域网，从数据库到应用软件，从固定终端到移动终端，这几年国家已经非常重视，未来还将大量建设，将有大量的信息安全投资与服务的商业机会。同时，信息安全的发展又反过来为企业提供了更好的知识产权保护和其他商业保护，从而形成巨大的信息安全红利。

（2）内需增长

根据中新网 2015 年 3 月 9 日电，国家统计局发布了十八大以来我国人均 GNI（国民收入）稳步增长，相当于世界平均水平的比例由 2012 年的 56.5%提升到 2014 年的 68.6%；2012—2014年，我国人均 GNI 年平均增速达到 7.3%，远高于世界平均增长水平。

按世界银行 2015 年 7 月 1 日公布的数据，我国 2014 年人均 GNI 为 7380 美元。

基于上述数据，如果我国人均 GNI 增长到世界平均水平，静态估计，按 2014 年口径，即人均 10758 美元，那么意味着人均增长 3378 美元，乘以我国 13.7 亿总人口，就是 46278 亿美元，相当于 32.4 万亿人民币（按汇率 7 计算）。

随着未来我国在全面小康的基础上全面稳步发展成为中等以上发达国家，内需将显著增长，中国制造将获得内需增长的巨大红利。

（3）制度潜能释放

我国仍然具有非常巨大的制度红利空间。作为后发国家，我国在许多监管方面比较宽松，或者留有大量改进空间，国有企业的许多潜能也还没有充分释放。

以垃圾处理为例，我国在垃圾分类管理、后处理、综合利用等方面的监管目前还比较宽松，随着我国垃圾管理制度的完善，垃圾处理相关产业就会得到巨大发展，如环保处理、垃圾发电等，会拉动相关制造业的进步和发展。

以资源再生利用为例，按照 2013 年《国务院关于加快发展节能环保产业的意见》，我国将建设 50 个国家"城市矿产"示范基地，支持回收体系、资源再生利用产业化、污染治理设施和服务平台建设，推动废弃机电设备、电线电缆、家电、手机、汽车、铅酸电池、塑料、橡胶等再生资源的循环利用、规模利用和高值利用。到 2015 年，形成资源再生利用能力 2500 万吨，其中铜 200 万吨、铝 250 万吨、废钢 1000 多万吨、黄金 10 吨，实现产值 4300 亿元。

国企方面，经过 30 多年来的探索和改革，越来越多的国企经过长期市场竞争的锻炼，在人才、技术、管理等方面都有了雄厚的积累，进入潜能释放期，典型特点就是世界 500 强榜单里，开始越来越多地涌现出中国国企，名次也不断提升。

未来 30 年，我国必然会释放更多的制度潜能，这会给制造业带来巨大红利。

（4）"绿色经济"转型红利

未来 30 年，我国正在加快向"绿色经济"转型，大力推进节能环保产业和绿色建筑的发展，包括节能技术与装备、高效节能产品、节能服务产业、先进环保技术和装备、环保产品和环保服务。

2013 年，国务院办公厅正式印发《国务院关于加快发展节能环保产业的意见》，将节能环保产业作为七大战略性新兴产业规划之一，要求促进绿色经济产业链的形成与发展。据测算，仅城镇污水垃圾、脱硫脱硝设施建设投资就超过 8000 亿元，高效节能技术与装备产值也超过 5000 亿元。

仍以建筑业为例，早在 2012 年 4 月，我国住建部和财政部就出台了《关于加快我国绿色建筑发展的实施意见》。绿色建筑大量涉及制造业，按目前房地产在国民经济当中的占比，与房地产行业相关的制造业转型为绿色产业，其体量是非常惊人的。

（5）"数字化连接"红利

数字化连接机器与机器、人与人、机器与人、货物与人，给我国制造业带来巨大红利。

不考虑互联网行业，我国仅物联网的市场规模已经超过 7500 亿元。根据思科报告，未来 10 年，物联网将带来一个价值 14.4 万亿美元的巨大市场，其中中国就占其中的 12%，为 1.73 万亿美元。

以 5G 产业链为例，我国《"十三五"规划纲要》提出，要积极推进 5G 发展，2020 年启动 5G 商用。而通信业 5G 产业链自身的规模有多大呢？按高通的分析数据，到 2035 年，全球 5G 价值链将创造 3.5 万亿美元产出，其中仅中国的 5G 产业链就将贡献

9840 亿美元，创造 950 万个工作岗位。

4. 梯度策略之下的扩张

根据上述企业级微观红利的组合分析，企业可以完成以下五个基本任务，从而获得比较优势：

① 发现自己的优势和短板；

② 发现竞争对手的优势和短板；

③ 确定价格、价值的所处的位置；

④ 确定自己和对手的变化方向及加速度；

⑤ 利用梯度策略选择产品、竞争与扩张战略。

最终，通过梯度策略，企业不断积累红利，将建立起自己的优势价值链，获得增长红利。

对于中国的消费品工业来说，"品牌+"是下一个 10 年必须直面的核心任务，面对中国巨大的消费内需市场、越来越理性和挑剔的消费者，没有品牌就意味着与财富无缘。

中国的消费品工业如果采用梯度策略管理红利，精心设计和选择产品、竞争和扩张策略，就完全可以实现品牌的逆袭，告别"中国制造≈主流品牌为零"，并借助品牌的逆袭实现技术创新的逆袭和整个企业的升级与更新换代。

2010 年 3 月 28 日，吉利以 18 亿美元获得沃尔沃轿车公司 100%的股权以及相关资产（包括知识产权）。

李书福先生的行动是经典的梯度策略，至少成功累积了以下 5 种红利：

① 中国全球化红利；

② 中国资本红利；

③ 中国消费市场红利；

④ 竞争红利：沃尔沃竞争劣势所形成的价格洼地；

⑤ 生产要素红利：中国企业的管理优势。

在上述红利的累积基础上，李书福先生采用"梯度策略"，选择时机，实施了精彩的品牌并购扩张策略，一举收购沃尔沃品牌和所有的技术与产品体系。

收购之后，沃尔沃的销售状况得到了极大的改善：2014 年全年，沃尔沃汽车集团全球零售销量达到 465866 辆，在 2013 年 427840 辆的基础上，同比提升 8.9%。该数字高于 2011 年的 449255 辆，刷新了 2007 年以来的全球销量纪录。2014 年营业利润达 22.52 亿瑞典克朗，与上年的 19.19 亿瑞典克朗相比增长了 17.4%，2014 年销售收入为 1299.59 亿瑞典克朗，2013 年则为 1222.45 亿瑞典克朗。

在疲软的欧洲市场，沃尔沃表现稳定并持续增长：2014 年沃尔沃汽车集团在包含瑞典在内的西欧市场销售了 243514 辆，同比增长 11.4%，而 2013 年为 218567 辆。

中国取代美国而成为沃尔沃最大的单一市场：2014 年沃尔沃汽车集团华销量突破计划的 8 万辆，达到 81221 辆，在 2013 年 61146辆的基础上飙升 32.8%。值得一提的是，2014 年沃尔沃超越雷克萨斯，成为中国市场排名第 5 位的豪华汽车品牌。

吉利通过这宗巨大的收购，不仅实现品牌的逆袭，而且收获了技术研发与产品更新。

自福特 1998 年收购沃尔沃起，沃尔沃就作为福特重金打造的"首席汽车集团"中的一员争夺豪华车市场。为此，福特在沃尔沃的投入多达 300 亿美元，并试图将沃尔沃的研发与产品融入到福特的体系之内。

福特的确做到了融合，但难言成功。吉利收购沃尔沃之时，沃尔沃拥有 9 条产品线和 3 个技术平台，分别是生产 S40、V50、C70、C30 等系列车型的 P1 平台，生产大中型汽车 S60、XC90 等系列产品的 P2 平台，生产 XC60、V70、S80 等系列车型的 P24平台。沃尔沃的三大生产平台都严重依赖福特，自身产品更新所需的研发与技术得不到支持。一个最突出的例子就是，2002 年问世的大型 SUV XC90 迟迟未能换代，市场竞争力一路走低。(摘自：搜狐公众平台，时隔六年回头看，吉利收购沃尔沃算得上成功吗?，2016 年 6 月 11 日)

吉利收购之后的沃尔沃，通过"沃尔沃概念车三部曲"——明确设计理念、"去福特化"摆脱掣肘 、"SPA"与"DRIVE-E"

构筑研发平台，在产品层面逐步勾画了可期的未来。

随着 Concept Coupe、Concept Estate、Concept XC Coupe 三款概念车的相继问世，沃尔沃确立了新的设计风格，在保留极简主义风格（Minimalism）的同时，豪华感大幅提升。

总体来看，吉利收购沃尔沃是非常成功的，这场标志性的收购案实现了吉利和沃尔沃的双赢。当然，如我们所说，它是生意上的成功。

在吉利身上，我们看到了中国民营汽车工业崛起的巨大希望。

第五节　核心密码 5：数字价值链（DVC）

一　价值链原型

美国哈佛商学院著名战略学家迈克尔·波特提出了价值链模型，认为不同企业参与的价值活动中，并不是每个环节都创造价值，实际上只有某些特定的价值活动才真正创造价值，这些活动就是价值链上的"战略环节"。企业要保持的竞争优势，实际上就是企业在价值链某些特定的战略环节上的优势。

运用价值链的分析方法来确定核心竞争力，就是要求企业密切关注组织的资源状态，要求企业在价值链的关键环节上获得重要的核心竞争力，以形成和巩固企业在行业内的竞争优势。企业的优势既可以来源于价值活动所涉及的市场范围的调整，也可来源于企业间协调或合用价值链所带来的最优化效益。

波特价值链示意图如下所示：

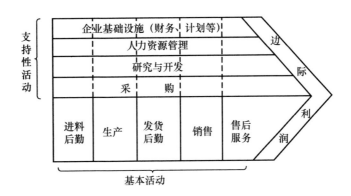

对企业价值链进行分析的目的在于分析公司运行的哪个环节可以提高客户价值或降低生产成本。对于任意一个价值增加行为，关键问题在于：

① 是否可以在降低成本的同时维持价值（收入）不变；

② 是否可以在提高价值的同时保持成本不变；

③ 是否可以降低工序投入的同时保持成本收入不变。

更为重要的是，企业能否同时实现以上①、②、③条。

价值链的框架是将链条从基础材料到最终用户分解为独立工序，以理解成本行为和差异来源。通过分析每道工序系统的成本、收入和价值，业务部门可以获得成本差异、累计优势。

在波特价值链分析方法的基础上，《发现利润区》的作者（斯莱沃斯基·莫里森、艾伯茨·克利福德）从微观层面提出了企业的 22 种盈利模型，并始终围绕以客户为中心，对波特企业竞争战略和价值链模型的详细展开。

客户解决方案模型：卖解决方案而不是仅仅卖产品。客户的需求从产品上升到解决经营中的问题。另外，服务的利润往往比产品高。这两方面决定了卖解决方案的利润比卖产品高得多，属于差异化战略。

产品金字塔模型：产品系列全而广。低端产品起防火墙作用，高端产品是利润的主要来源。

多种成分系统模型：具体如碳酸饮料，可以在超市销售，也可以在饭店和自动售货机销售。后者的利润高，但是为了进入后者，需要一个强大的品牌，而强大的品牌只能通过前者建立。

配电盘模型：当买方和卖方之间的交易成本很高时，这种模型便诞生了。典型例子如阿里巴巴。

速度模型：产品刚发布的前几个季度利润是最高的，之后随着竞争的加剧，利润率快速下滑。典型例子如英特尔。

卖座"大片"模型：适用于固定成本很高、变动成本低的情况。大量地发行摊薄固定成本。

利润乘数模型：发展相关产业。典型公司如迪斯尼，围绕角色开发电影、电视、书刊、服装、手表、主题公园、专卖店等一系列产品。

创业家模型：为了避免大企业的规模不经济、交易费用上升，将公司拆分成很多小的利润中心，以强化赢利责任，更加接近客户。

专业化利润模型：对应波特的聚焦战略。

基础产品模型：采用基础产品加耗材/后续产品的模式。基础产品的利润低，但耗材/后续产品的利润高，如"刮胡刀+刀片"模式。

行业标准模型：典型例子如微软。基础产品模型进一步发展就成为行业标准模型。

（摘自：《发现利润区》，（美）亚德里安·斯莱沃斯基、大卫·莫里森、鲍勃·安德尔曼，中信出版社，2014年。）

二 价值链原型的主要难点

波特等人的价值链原型是非常先进的战略分析方法和工具，在识别战略价值点、增长模型、利润模型方面具有实战指导意义。

但是，价值链原型也具有以下 3 个明显的难点，导致企业在具体实施时比较困难。

① 面对矩阵型组织、项目化团队、早期公司的时候，难以给出有效的指导。

② 弱化了价值管理当中"人和组织"的因素，特别是"企业使命"与"管理责任"如何在价值链层面进行分解和具体实施。

③ 没有给出量化的相关模型，也没有对各价值链之间的价值关系进行识别和管理。

这3个难点导致企业在日常经营上很难有效运用价值链方法，而一般只能在商业模式策划 BMP 和战略发展规划 SP 阶段，进行定性的指导。

三 数字价值链（DVC）

制造业的价值链条通常覆盖从产品研发到市场销售服务的各

个环节，并且本身是产业价值链的一个环节。因此，价值链方法的基本思想是契合制造业的。

如果能克服价值链原型的 3 个难点，那么就能给中国制造企业提供最有力的从战略到日常经营场景的管理方法/工具支持。

2015 年，京京网盈（北京）管理顾问有限公司的研究团队结合中国多家优秀国有企业、民营企业和外企中 500 强企业的长期成功实践经验，在价值链原型的基础上提炼出数字价值链（Digital Valuation Chain，DVC）方法，并在此基础上开发了数字价值链系统（DVCS）。目前，DVC 方法已经在北京、深圳、青岛、广州等地区开始试点宣传，深受客户好评。其基本原理如下：

① "使命-责任-价值" 价值链三角；

②　L2C 价值递增；

③ 梯度策略。

对中国企业来说，由于文化和环境的差异性，单纯从 "价值" 的角度来定义价值链，就不易融入企业的现行管理机制当中。对此，京京网盈提出了基于 "使命–责任–价值" 的价值链三角模型：

基于价值链三角，企业可以围绕 "L2C（线索到回款）" 或 "O2C（机会到回款）" 来建立自己的价值管理流程。

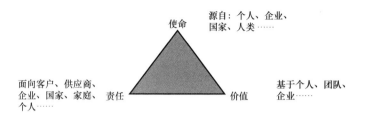

・核心关系1：价值源自使命分担和对责任的履行；

・核心关系2：责任需要基于使命，并与价值互为紧密支撑；

・核心关系3：使命完成和责任履行本身是价值的一部分；

・解决问题1：经营业绩与风险控制（可持续、可控制、可预期）；

・解决问题2："我是谁，从哪里来，去哪里，干什么"困境；

・解决问题3："使命-责任-权限-权益-归属-成就"闭环。

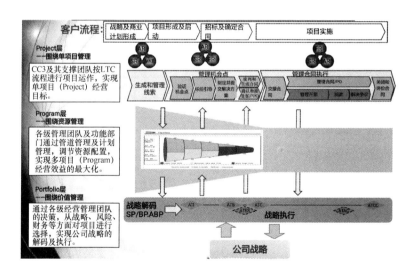

价值管理流程的基本设计思想是，确保流程中每个环节都具有确切的价值属性（增加或质量保证），并且成本最低。

L2C 要从财务上充分考虑从线索到回款的投入产出比的逐层收

敛和价值递增，将其中的数量模型分阶段识别出来，然后加以管理。

做大 L2C 管道的流量，即做大价值蛋糕，是 L2C 管理的一个核心战略。

实战型的 L2C 的管道流程示意图如下：

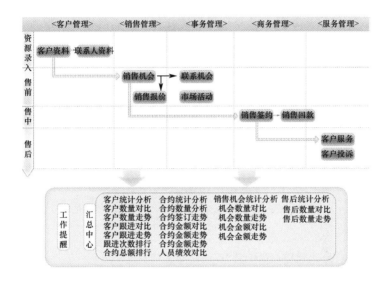

在 L2C 价值管道流程被精确识别和定义之后，我们就可以基于"梯度策略"实施价值管理，决定一个事务是否值得做，应该怎样做，价值应该怎样分配，如何可持续，最佳的"梯度"在哪个时间点出现，梯度临界值是多少，等等。

至此，京京网盈提炼出了数字价值链（DVC）方法。

最早期的 DVC 着眼于价值链的闭环管理控制，侧重于财务价值、风险、税务等的筹划，大量借鉴了飞利浦 DOC（全面内控文档系统）和华为 IFS（集成财经变革）、华为 PA（项目核算）、华为 HWCC（责任中心闭环控制）的全球实践经验和全球项目实施体会，主要方法如下。

① 对企业战略进行解码，并输出财务 BP。

② 建立企业管理作战地图和责任矩阵，识别战略价值点、关键控制点和内控风险点。

③ 基于最小单元（一般为项目）进行滚动预测。

④ 平衡资源配置，对价值卷积计算、调整和监控。

⑤ 连接绩效 KPI，并予以系统性考虑。

2016 年，京京网盈的团队根据大量成长型企业客户的建议，在原有数据价值链（DVC）基础上增加了：

① "企业使命–管理责任"的轻量化；

② 与 L2C（线索到回款）或 O2C（机会点到回款）的数据连接；

③ 价格 Prcing 的业务贯穿与客户需求场景的 "ROI" 模型与量化；

……

在 DVC 方法的基础上，构建了数字价值链系统（DVCS）。DVCS 将价值单元（VMU）数字化，利用一定的 AI 来辅助价值管理，进行知识萃取，累积企业核心优势，从而实现企业价值创造最大化或成本最优，并在客户、技术、产品、员工以及供应商五个方面构建成熟的价值管理体系，我们预测 DVCS 将为制造企业提供五个核心价值。

① AI 辅助价值评估，规划价值最优完成路径。

② 降低成本，包括采购成本、人力成本、交易成本和管理成本。

③ 管理企业知识，持续促进和积累企业的核心竞争力。

④ 自上而下地利用数字化方法管理品牌，促进品牌价值提升。

⑤ 企业价值成熟度管理。

数字价值链方法（DVC）和数字价值链系统（DVCS），基于价值和知识制高点，助力中国制造企业转型升级和国际化。

第六节　核心密码 6：部落化经营

一　地球村

原始部落是由若干血缘相近的宗族、氏族结合而成的集体，有共同的语言、文化和意识形态，一般情况下，有共同的部落名称和共同信仰。进入信息社会后，人类基于共同的信仰、使命、世界观、人生观、价值观、责任等精神媒介自主聚合起来，借助信息技术形成了新时代的"部落"和"地球村"。

现代部落和传统组织的最大区别在于，部落是自组织的，是去中心化的，是依靠特定的精神媒介连接起来的。一旦这种精神媒介是"信仰"、"使命"或"责任"，并且被有效激发，整个部落就会进入高绩效状态，例如，以"为祖国夺取世界杯冠军"为使命的中国女排、一支以"战胜冰灾，为群众尽快恢复电力供应"为使命的南方电网电力清障小组，一个以"拿下市场山头项目，炸掉碉堡"为使命的华为"铁三角"小组（由客户经理、产品经理、交付经理构成）。

中国制造面临的时代背景是整个社会的人群正在快速部落化，有以时间为尺度的部落划分，如80后、85后、90后、00后；也有以各种主题为中心的部落划分，如"米粉"、"花粉"、各种游戏"粉"；甚至出现以场景为中心的部落划分，如"跳广场舞"、"饿了"、"地铁里"、"骑单车"这样的族群。这些，都是一个个"部落"。

小部落聚合成大部落，大部落聚合成部落群，部落群聚合成更大的集合，最终形成"地球村"。

一些传统的组织管理方法和规则往往很难适应这种社群部落化、自组织的特征，需要探索符合时代特点的组织管理模式。

二 确定管理单元（BU）

为了更好地适应"地球村"时代部落化的特点，部落化经营的首要任务是确定部落的基本"管理单元"。

例如"网红经济"中，部落化经营的基本单元是微博、微信群、公众号，"群主/网红"的一言一行类似使命召唤，粉丝们自发组织起来响应这种召唤，而且互相激励，整个社群不仅充满了能量，而且具有病毒式的传播速率，具有极高的黏性、传播力和购买力，是典型的高绩效部落，极具影响力。

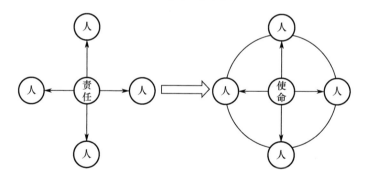

确定最优的部落管理单元之后，就要尽可能充分地激活其精神媒介，以自组织为主进行牵引和管理高绩效。

我国在这方面有世界先进的实践经验，能将使命充分分担承接到基层管理单元，基层管理单元即使在极端条件下也能保持自组织能力，既保证整体的统一，又保持末端的灵活性，从而获得高度的凝聚力、辐射力和自我修复能力。

对于中国制造企业来说，需要发现适合自己的基层管理单元，并将其部落化，注入和激发"企业使命"与"绩效责任"，从而牵引高绩效的经营业绩。

三 虚拟组织

部落具有自组织特征，因此，企业需要允许其保持一定的开放度，融合外部成员，形成"部落+"。比如一个销售融资团队，其核心成员可能包括来自银行的顾问、一个市场营销团队可能会有一个专业的市场研究顾问，而一个投资管理部则可能与 FA（Finance Advisor，财务顾问）有密切合作。这些外部大脑以嵌入式服务模式与企业内的部落紧密联系，从而更好地适应自组织的特征。

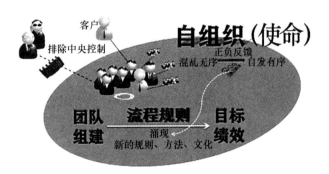

对部落的这种自组织特性，从管理上也可以视它为一种"虚拟组织"（虚拟部落），其大小取决于部落的开放度。当开放比较充分时，可以扩大到区域产业联盟、跨行业联盟这样的巨大规模形态。

宁波大学的方志梅教授研究了虚拟组织未来对企业经营的积极作用，其所建议的运作机理对虚拟部落的管理具有重大的实践参考价值。他主要措施中，信息化平台或工具是虚拟组织成功组建、运作、解散的枢纽，详细如下。

在虚拟组织的组建阶段，信息化平台作为虚拟组织组建的支撑工具，能够支持核心企业开展各项工作，以快速组建虚拟组织，主要的功能体现在订单任务分析和成员企业选择两方面。

在订单任务分析方面，需要提供订单任务分解、生产计划大纲制定、能力需求粗分析、产能核算平衡、生产任务分配、基于网络的协作订单达成等功能。

在成员企业选择方面，需要提供合作伙伴或者潜在合作伙伴信息与分析、成员企业的选择与评价、外协业务的发布与招投标、中标的决策与管理（包括信息发布、合同签署、订单下达与确认）等功能。支持这些功能的信息主要包括合作企业的相关信息，如基本信息、信誉、核心能力、以往合作历史等，支持这些功能的方法主要有合作伙伴评价与优化模型的建模方法和优化算法，产能核算与分析模型的建立方法，虚拟组织运行的仿真工具等。

在虚拟组织的运作阶段，信息化平台需要为虚拟组织整个运行过程中的各项生产组织活动的决策管理提供相关功能，如虚拟组织全局生产计划制订与任务的分配、协调，能力计划制订与核算，物料采购、运输与仓储的协同集成，生产作业计划制订及其生产调度，生产过程监测、控制与调整，市场开拓与统一营销，虚拟组织内部各成员企业间的财务核算及利益分配，相关数据的便捷传输等。在此阶段需要特别关注的是，成员企业自身的生产计划与虚拟组织全局生产计划之间的统一与协调，成员企业原有的信息化系统与虚拟组织的信息化平台之间的有效集成和异构兼容，虚拟组织中重要信息的充分共享与成员企业必要信息的严格保密等。

在虚拟组织解散阶段，信息化平台需要提供虚拟组织解散机制和解散后续事务处理规则等功能，如各相关信息数据的断路，原有业务数据的必要保存和数据备份，原虚拟组织后续的收益分配结算、成本核算、贡献分析等，为解决成员企业之间后续利益的公平分配提供支持。（摘自：方志梅、李国富、叶飞帆，中小企业群体组织创新：虚拟组织的实施，冶金工业出版社，2010 年。）

以一个粉丝微信群、公众号为例，它们虽然不是方志梅教授所说的那种企业型的，但本质上也是一个虚拟组织，是基于对网红/群主的精神联系纽带,而微信信息平台起到了基础连接的作用。

四 "狼－狈"机制

任何部落形成后,都需要解决自身的核心竞争力问题,它是通过构建 3 个能力来实现的,即①一线最小部落的作战能力;②中间部落群的专业化职能管理能力;③整个大部落群的平台支撑能力(包括修复能力)。

上述 3 个能力基于共同使命/责任/目标整合起来,构成整个部落群的核心竞争力。

为了保证一线、中间层和大平台各个层面的能力,除了共同的精神媒介之外,就需要分层设置完成使命/责任/任务的主辅组合的管理机制。其"主"负责全局管控,确定方向和战略,做出重大决策,积极进取,类似"头狼"的角色;其"辅"负责资源配置,落地跟踪,风险控制,稳健周密,类似"狈"的角色。华为公司把这样的搭配称为"狼－狈"机制。

根据我们在华为公司 10 多年的履职经验,结合公司各种案例,发现华为在公司决策层、高层、中层、一线作战层都自主或自发地实施类似的"狼－狈"机制,这样能够保证上述 3 个能力。

第一个是在机关层面，构建整个公司的大平台支撑能力，包括财务平台、营销管理平台、研发平台、供应链平台、交付平台、人力资源平台等。

第二个是公司机关职能部门、平台职能部门、片区/地区部总部职能部门都逐渐演化称为能力中心、风控中心和资源配置中心，以高度细分的专业化能力来保障一线作战组织的战斗力。

第三个就是公司的一线作战组织的作战能力，主要体现为客户界面"铁三角"团队的市场攻坚能力、研发 PDT 的产品攻坚能力、客服工程师小组的故障排除与维修能力、供应链采购专家团的专业采购管理能力、制造班组的生产能力，以及投资、项目财务、审计、税务、销售融资等财务专业团队的小组服务能力。

只有这 3 个能力齐备，在信息技术、IT 系统的帮助下，华为才有可能做到"让听得见炮火的人指挥战斗"。

华为公司的各责任中心或职能部门的主官多有"狼性"，而副手则多有"狈性"，整个华为公司的"狼性文化"通过集群的"头狼"们显示出来，不仅外部积极竞争嗷嗷叫，内部也积极竞赛热火朝天，平台稳健，一线灵活，形成"大象也能跳舞"。

人们解读华为"狼性文化"时，往往只看到"狼"的部分，而忽视了如果没有"狈"的贡献，"狼"就不成其为狼，可能公司各级组织的风险水平就会大幅提升。

基于使命分担制的部落化经营并不是新东西，而是在"地球村"时代，借鉴各种优秀管理经验总结而来的管理机制，结合时代特点而赋予的形象化（"部落"）的称谓。

除了华为，越来越多的中国制造企业也正在迅速地采用"部落化经营"来顺应数字化时代的挑战。

第七节　核心密码 7：持续创新

一　核心与基础的创新，需要使命感

先看我国 2016 年企业发明专利申请授权量排名，国家电网排名第一，华为居第二位。

排名	专利权人名称	发明专利授权量（件）
1	国家电网公司	4146
2	华为技术有限公司	2650

（数据来源：国家知识产权局，www.sipo.gov.cn。）

在国际标准制定上，国家电网贡献了 28 项全球电网标准，其中智能电网和特高压输电技术两大国际标准体系的基础技术就是来自国家电网公司，是国际标准的主导者；华为 4G 核心专利基本是和爱立信、思科、高通等多家公司平分天下，还到不了绝对技术核心的位置，不是主导者。

"超大容量、超远距离、更低损耗的特高压直流输电，对于有序推进国内互联、洲内互联、洲际互联，构建全球能源互联网，具有重大示范意义。"全世界只有中国拥有在所有复杂条件下建设超大规模电网的技术和经验。

与超级电网配套的各种核心设备，大部分只有中国能制造，因为国外没有这么高电压等级的电网。

中国电网一共接入全中国13.8亿人口组成的超过4亿个家庭，接入由全国241万家工厂组成的世界最大制造基地，接入包括25万家医院、42万家学校、34.5万家科研院所和技术服务企业、20万家酒店和餐饮企业、281万家商店、25.2万家交通和物流企业组成的总共768万家非工业企业。[1]

没有国家电网的使命分担，就不会有人类历史上最伟大的能源网络，就不会有如此巨大的技术创新。

二 好的创新创造巨大的价值

1. 看行业

除了众所周知的通信等高科技行业之外，以医药工业为例：

---

[1] 数据来源：2014年全国经济普查数字。

2015 年规模以上企业研发投入约为 450 亿元，较 2010 年翻两番。在"重大新药创制"科技重大专项推动下，涌现出一批高质量创新成果。"十二五"期间，210 个创新药获批开展临床研究，埃克替尼、阿帕替尼、西达本胺、康柏西普等 15 个一类创新药获批生产，110 多个新化学仿制药上市，中药质量控制与安全性技术水平提升，PET-CT、128 排 CT 等一批大型医疗设备和脑起搏器、人工耳蜗等高端植入介入产品获批上市。以屠呦呦获得诺贝尔奖为代表，我国的医药创新进一步得到国际认可。

在创新的驱动下，"十二五"期间，规模以上医药工业增加值年均增长 13.4%，在全国工业增加值中的占比从 2.3% 提高至 3.0%。2015 年，规模以上企业实现主营业务收入 26885 亿元，实现利润总额 2768 亿元，"十二五"期间的年均增速分别为 17.4% 和 14.5%，始终居工业各行业前列。在规模效益快速增长的同时，产品品种日益丰富，产量大幅提高，在保供应、稳增长、调结构等方面发挥了积极作用。

（摘自：医药工业发展规划指南（工信部联规〔2016〕350 号），2016 年 11 月 7 日）

2. 从企业来看，创新更是企业增长的核心动力

作为中国高端嵌入式厨电第一品牌，方太有行业内最多的 800 多项专利，是行业第 2～20 名的总和。2007—2016 年，方太共获得由 IF CHINA 设计评委会颁发的 9 项 iF 大奖和 10 项德国红点设

计奖，获奖数量居厨电行业之首。方太长期保持 20%以上的稳健增长，2016 年，销售收入达到了 80 亿元。

华为公司连续 20 多年每年将销售收入的 10%投入研发，研发经费远远超过我国台湾省主要科技公司的总和（台积电 568 亿元，鸿海 489 亿元，联发科 433 亿元，联电 137 亿元，纬创 134 亿元，单位：台币）。近 10 年来，华为的研发经费累计达到 1900 亿元，如果在日本，排名第 2，仅次于丰田；如果在德国，仅次于大众，也排第 2。华为仅 2014 年的研发经费就高达 400 多亿元，比 A 股 154 家化工、166 家机械设备、14 家机床、67 家医药的近 400 家企业的总和还多几十亿元。

重视研发的最直接结果，是拥有多达 3 万项专利技术，其中 4 成是国际标准组织或欧美国家的专利，在国家技术或标准组织里担任 90 多个高端职务，拥有技术话语权。

2016 年年收入达到 784 亿美元，年利润为 56 亿美元，预计 2017 年收入要突破 900 亿美元。年收入和利润都超过互联网 BAT 三家的总和。

三 发现行业创新趋势，不局限于纯技术创新

彼得·林奇说，最好的股票和投资机会往往就在生活周边。

这句话可以这么理解，因为生活周边的变化体现着客户需求的变化，体现着消费潮流和人们的选择，那么产品和技术及其创新只要符合这种需求，就具有很好的投资前景。

对于创新来说，除了那些基础科研，一般应用类的创新需要从实验室走进生活，需要基于客户市场需求和市场规律，才能发挥创新带来的价值，才有可能在商业上获得成功。

华为电气创业者的成功经验表明，发现行业创新趋势，在原有领域的细分领域中进行产品改良型创新，注重交易成本的降低，能显著提高成功率。

高盛公司建议人们不要局限于技术创新，也要关注供应链、市场等的新变化所带来的新创新机会。根据高盛公司预测，汽车行业即将到来的变更会带来七大关键变化，并且这些变化会在未来 10 年占据主导地位：①混合动力/电力驱动；②更轻便；③自动驾驶；④供应链变革；⑤新竞争者；⑥车联网；⑦转向新兴市场。

以第⑦项为例，高盛认为到 2025 年，许多发展中国家人均收入会从 1 万美元增长到 2 万美元，这就会显著增加汽车拥有量。例如印度，2025 年会成为世界第三大汽车市场，大约 7400 万辆，相应地会带来匹配印度市场的产品创新需求。

客户需求在前，创新在后，需求一大步，创新小半步，尊重商业和市场的看似"不先进"的创新，往往能获得真正的成功。

四 选择合适创新路径

在创新路径上，浙江大学魏江教授认为中国创新有五个方向：

1. 从改良型创新走向集成型创新

目前，我国在"集成型创新追赶"上走出来成功的探索，如高铁、超高压输变电、隧道、桥梁等技术。

2. 从引进来创新转向走出去创新

魏江认为，由于部分国家的制度成本和高端人才成本、生活成本、医疗成本、教育成本等已经比我国要低，以及保护主义抬头，引进高端人才创新还不如走出去创新更具成本优势，且发达国家科技和知识资源的长期积淀，其创新生态系统更有优势。典型如海尔在欧洲、美国、日本和澳洲布局研发中心，华为则在全球布局了 26 个研发中心。

3. 从创新集中化走向创新民主化

这点主要是鼓励更多的民间创新和中小企业创新。典型例子如汽车工业中吉利引领汽车业国内创新的潮流。

4. 集成创新

其核心是要把整个创新链条集成起来，而不是割裂开来。创新的组织机制、市场机制、人才机制、制度、产业发展要集成起来，高校、科研机构和企业要集成起来，技术创新与市场创新、商业模式创新要互相融合。

5. 从追赶型创新到非对称创新

核心是不完全按照国外的路线追赶，勇于走自己的创新路线，基于广阔的市场，用并进研发、资源控制、快速迭代、技术众筹等多种手段组合来获得优势。比如我国在高铁、安防和大飞机等方面的成功实践。

在上述创新的五个方面，有一点是共同的，就是要基于客户需求和市场规律来创新，不脱离商业本身来"创新"，不"为技术而技术"。

五　预防技术创新风险，重视知识和财富的转化

华为反对技术至上主义，强调"创新小半步，不超前"，并非常重视知识和财富之间的互相转化，从而获得了持续的竞争力和技术创新红利。

"在华为，2 万研究人员，投入 90 亿美元，这是一个财富变知识的过程，这个过程就是把广泛的信息最终变成与华为战略相匹配的知识。6 万研发人员，投入 60 亿美元，这是一个知识变财富的过程，把与战略相关的知识转化为华为的技术与产品，让华为具有持续的市场竞争力和战略上的领先能力。"（资料来源：任正非，2016 年岁末。）

六 考虑核心需求，小步创新

干燥设备对农产品特别是主粮的加工和保存不可缺失，长期以来，核心干燥设备技术一直掌握在美国和日本的一些厂家手里。洛阳远弘干燥，在程长青等人几十年的努力下，不断创新，取得了创新的突破，是农机领域的"创新小半步"。

现在市场上的粮食热风烘干设备的湿气排放污染大，采用燃煤炉的烘干机将产生大量的 PM2.5 细颗粒物，造成空气污染，危害人体健康，进而形成酸雨，使土壤酸化、污染灌溉水源与饮用水；燃煤炉所在的厂房往往环境脏乱，容易引起火灾；煤的温度不易控制，稍有经济价值的作物，往往因为无法控制温度，导致谷物爆腰、碎米。

程长青等研究人员发现上述缺陷后，结合农村特点，围绕"简单易用、节能环保"等客户需求，进行合理经济的创新，并且申请了专利。

　　远弘干燥自 2012 年来申报了真空干燥设备的发明专利达 260 多个，已经进行了连续性真空低温干燥设备的专利布局。2016 年 12 月 22 号，农机行业重大政策出台！工业和信息化部、农业部、国家发展和改革委员会发布《农机装备发展行动方案（2016—2025）》，采纳了洛阳远弘干燥的修改建议，真空低温干燥技术上升为国家战略技术。

　　比如谷物干燥机，循环式生产的效率在 50 吨／批以上，连续式烘干机生产效率在 20 吨/小时以上，破碎率小于 0.1%，干燥不均匀度小于 0.4%，爆腰率不增值，温度控制精度为±1℃，能够满足国内市场需求并进入国际市场。

　　远弘干燥的设计师在定位产品研发时，聚焦市场提需求，作为技术前瞻者主动发现产品改进的方向，最终取得了成功。

　　聚焦行业和产品的持续技术创新，是企业生生不息的动力。

第八节　核心密码 8：工匠精神

一　为客户设计

　　工业设计（Industrial Design）简称 ID 设计，指以工学、美学、经济学为基础对工业产品进行设计。工业设计分为产品设计、环境设计、传播设计、设计管理四类。

国际工业设计协会理事会（ICSID）给工业设计作了如下定义：就批量生产的工业产品而言，凭借训练、技术知识、经验、视觉及心理感受，而赋予产品材料、结构、构造、形态、色彩、表面加工、装饰以新的品质和规格。

工业设计在使产品造型、功能、结构和材料科学合理化的同时，省去了不必要的功能以及不必要的材料，并且在提高产品的整体美观与社会文化功能方面，起到了非常积极的作用。

现代社会的技术竞争很激烈，谁拥有新技术，谁就能在竞争中占有优势，但技术开发非常艰难，代价和费用极其昂贵。相比之下，利用现有技术，依靠工业设计，则可用较低的费用提高产品的功能与质量。比如，把电视机的显示方式变成液晶式的，这是一大技术进步，但非常艰难，而在结构、造型、整体性与环境色彩协调，为不同人群需要进行产品设计则相对可及、便利，这往往也是国际市场商品竞争的焦点。

工业设计很早就已成为发达国家制造业竞争的核心动力之一。在欧美发达国家，工业设计的资金投入一般可占到总产值的5%～15%，甚至可占到30%，而中国制造企业在工业设计方面的投入几乎不到1%。

根据宁波方太的经验，做好工业设计需要做好以下三个方向。

① 公司高度重视工业设计，将其作为产品研发的核心环节。

② 在垂直细分领域高度专注，从而精准了解所在领域的客户需求、产品美学和产品工程学等，利于设计。

③ 聚焦用户需求和极致客户体验。

2009 年，方太成为中国第一个获得德国"红点"设计大奖的厨电品牌，为国人赢得了难能可贵的开创性第一。此后，在历届德国 iF 奖、德国红点大奖赛上，都能见到方太厨电频频亮相，源源不断地吸收着来自业界权威评述的设计养分，创造出得奖无数的高端厨电作品。到目前为止，方太已经获得 23 项国际顶级设计大奖（德国 iF 大奖和红点大奖），获奖数量在行业内遥遥领先，充分体现了方太在产品研发与工业设计领域的实力。其主要原因在于：

① 方太重视工业设计，是行业内首家引进工业设计，也是最早与知名国际设计公司合作的厨电品牌。

② 方太在厨电领域高度专注，20 余年来，坚持不懈地将其对于中国烹饪方式的独到理解融入厨电产品的设计研发中，并结合和利用人体工程学、美学提供适合中国家庭烹饪的厨房电器与解决方案。

③ 方太全线产品的开发均秉承"给用户最佳体验"的思想。以最新获奖的水槽洗碗机为例，这款产品针对中国厨房需求，采用跨界三合一设计，既是洗碗机也是水槽，同时还兼具果蔬净化功能；不用改水改电拆橱柜，既节省了厨房空间，又解决了安装难的烦恼；同时，还有诸多人性化设计。（摘自：中华网财经，从中国制造到中国智造：方太专注打造中国红点厨房，2015 年 5 月 14 日。）

广东工业设计城规划面积为 2.8 平方千米，是以工业设计产业为核心，串联工业设计产业链的上下游，并为其提供高端增值服务的现代服务业聚集区。目前已入驻来自国内外的 100 多家工业设计公司，入园设计师 1000 余人，年成交工业设计成果近万例。广东工业设计城拥有一大批优秀的设计公司和设计人才，核心业务主要以产品设计为特色，以广东制造业市场为对象，立足于珠三角产业升级和优化大背景，为广东乃至全国制造产业提供工业设计服务。

产品制胜，从为客户设计开始。

二 为客户发扬工匠精神

所谓"工匠精神"，其核心是一种对工作和产品的执着、精益求精、精雕细琢的精神。工匠精神在企业与员工之间形成了一种文化与思想上的共同价值观，并由此培育出企业的内生动力。工匠精神是制造业精神的核心体现。

英国航海钟发明者约翰·哈里森（John Harrison，1693-1776）费时 40 余年，先后造出了 5 台航海钟，其中以 1759 年完工的"哈氏 4 号"最为突出，航行 64 天只慢了 5 秒，远比法案规定的最小误差（2 分钟）要少，完美解决了航海经度定位问题。

约翰·哈里森的案例是工匠精神的人类最佳实践之一。

工匠们喜欢不断雕琢自己的产品，不断改善自己的工艺，享受着产品在双手中升华的过程。工匠们对细节有很高的要求，追求完美和极致，对精品有着执着的坚持和追求，把品质从 99%提高到 99.99%，其利虽微，却长久造福于世。

"一切手工技艺，皆由口传心授。"

——香奈儿首席鞋匠

工匠精神具有三个基本要求：

① 严谨，一丝不苟。不投机取巧，必须确保每个部件的质量，对产品采取严格的检测标准，不达要求绝不轻易交货。

② 耐心，专注，坚持。不断提升产品和服务，因为真正的工匠在专业领域上绝对不会停止追求进步，无论是使用的材料、设

计还是生产流程，都在不断完善。

③ 专业，敬业。工匠精神的目标是打造本行业最优质的产品。

传授手艺的同时，也传递了耐心、专注、坚持的精神，这是一切手工匠人所必须具备的特质。这种特质的培养，只能依赖于人与人的情感交流和行为感染，这本身就是一种朴素的认知。

美国作家格拉德威尔在《异类》一书中指出："人们眼中的天才之所以卓越非凡，并非天资超人一等，而是付出了持续不断的努力。1 万小时的锤炼是任何人从平凡变成超凡的必要条件"。他将此称为"1 万小时定律"。要成为某个领域的专家，需要 10000 小时；而成为大师工匠，则更是数倍于此。

中国古代不仅是农业大国，也是工匠大国，从古到今从不缺乏工匠精神。中国曾经有辉煌的品牌，从 15 世纪到 19 世纪，东西方航路打开，国际贸易迅速发展，中国的瓷器、丝绸、玉器、茶叶、辰砂，都是最高等级的品牌。

我们去故宫、马王堆、兵马俑参观时，会惊叹于中国产品的巧夺天工，感受中国古代非凡的工匠技艺，感受中国文化和中国古代制造中非凡的工匠精神，能看到木匠鲁班，铸剑大师欧冶子、干将、莫邪……感叹他们精湛非凡的手艺。

今天，我们也有自己的工匠大师：高铁行业的研磨工宁允展（青岛四方车辆，CRH380A 首席研磨师）、火箭焊工高凤林（36年来只专注做发动机喷管焊接这一件事）、汽轮机转子焊接工刘霞（上海电气）、钳工胡双钱（中国商飞，数控机床钳工）、杨建华（沈鼓集团，气体压缩机焊接）……

传承工匠精神，在创造财富的同时，摒弃浮躁和功利，回归制造的工匠"初心"，回归专一，回归精益求精，回归卓越。

中国企业是真的需要放慢脚步、俯下身体、静心沉潜，重新将工匠精神付诸实践，融入企业文化，植入经营管理各环节，"知行合一"，让工匠精神真正助力企业发展。

正泰集团由一个家庭作坊式小厂发展成为中国工业电器龙头企业和新能源领军企业，一直专注于制造，心无旁骛，如琢如磨，坚守从"让电尽其所能"到"让电无所不能"。正泰集团每年投入的研发费用近 20 亿元，仅 2015 年高端智能电器研发投入就达 8亿元。其研发的我国首台薄膜太阳能电池关键高端生产设备，打破了西方在这个领域的长期垄断。2015 年，集团主营业务同比增长 15%，其中光伏业务增长近 80%。

广东鹰牌陶瓷这样的宗师企业，凭借其精细的管理、完善的供应链体系及优秀的研发能力，连续 17 年唯一代表中国参加意大利博洛尼亚展，10 年前就在国际上获得"世界抛光砖看中国，中国抛光砖看鹰牌"的至高美誉。在行业低迷发展的近 5 年，它仍一直保持强势发展：原创世界两大领先产品晶聚合及宝藏，内需一直强劲，外需节节攀升，在陶瓷业外销持续低迷的这几年里创下 20%的折桂增长，行业内居于首位。

只要越来越多像正泰、鹰牌陶瓷这样的企业，追求产品品质和匠心文化，把中国工匠精神传承与发扬，将创新沉淀为自主创造，中国企业就必将获得成功。

三 按客户需求制造

按客户需求制造，意味着在为客户设计的基础上，选择合适的制造平台、制造标准、制造方法、制造工艺甚至相应的材料和工匠来为客户制造。

消费品工业在按客户需求制造方面，具有广阔的适应性，手机、平板电脑、服装、珠宝、汽车、智能产品、手表……几乎都可以完全按照客户需求制造。

按客户需求制造，从管道顶部到底端，逐渐收敛，越往底层越需要按客户需求制造，但技术难度和成本可能成倍提升。

在这种情况下，随着信息技术、互联网、工业物联网的发展，按客户需求智能制造成为未来的主要形态。

美国机械工程师学会理事长 Keith Roe 指出：在技术领域大家已经看到了非常重要的趋势，21 世纪的工程师正在验证着新的工业创新与革命，它更加复杂，更加具有对客户需求的反应度，并且与数字系统更加紧密地结合在一起，数字和技术能使人们实现及时的端对端供应链，还会实现更高的弹性，可以实现更有革命性的基础设施的创建，并且还有一些小型的智能技术，这些都可以显著提高制造效率。

而美国智能制造领袖联盟 SMLC 的 Tennety 进一步指出：机器互联是智能制造最重要的本质特点，所有的机器和传感器互联，运营之间的合作慢慢地在机器当中实现了虚拟化，数据分析也从本质上变得更具有预测性与主动性，而非以往的被动应付。而随着更多的机器实现互联，人类的决策也就更加简单快速了。所有这些都意味着更高的生产率和更高效的决策流程。

Tennety 认为，未来是一个巨量数据的时代，胜出者一定是掌握了数据的奥秘和洞察力的人，如下图所示：

2020年的巨量数据

+1亿 　 100亿 　 1.5亿 　 100万
智能仪表增量　互联网连接的灯泡　汽车连接　GE机器每天产生TB字节

对于中国企业来说，利用智能制造主要是解决三个方面的问题：

① 提升制造能力；

② 满足客户定制需求；

③ 协同，从而获得竞争优势。

提升制造能力，是通过工厂和车间的数字化、自动化，追求制造质量和生产效率、减少能耗、降低排放。另外就是通过制造信息化管理，协同生产的各个环节，去掉制造过程中的浪费，包括产品设计环节的数字仿真设计和测试，来缩短产品设计周期；工艺设计环节的计算机仿真和模拟加工，来提高加工的成功率/良率；制造环节的生产计划、检验检测、设备管理、能耗管理、现场管理、车间物流、供应链管理等自动化和可视化。

满足客户定制需求，主要是三个方面：一是个性化定制，这要求产品必须是模块化的；二是要有服务平台，用户可以通过服务平台深入交互后选用模块，快速生成产品的定制方案；三是定制完成后，后续的生产要跟得上。

奥迪将零件压缩之后形成重点模块，模块可以组合成更多的产品，这是模块化的生产方式。奥迪表示自己有 20000 多个部件，可以形成 10000 种产品，为 30 万用户提供特殊需求。（资料来源：工信部专家董景辰，2016 年 5 月 10 日，洛阳智能制造大会演讲内容。）

红领制衣可以采集客户身上 18 个部位的 22 个数据，根据这些数据客户就可以形成他独有的订单，这样的设计 7 天就可以交付，成本只比批量生产高 10%。通过这样的个性化定制，红领制衣的年销售收入和利润增长都超过 100%。

服务平台主要是协同开放云制造。通过建立网络平台，可以对不同企业或企业不同部门的创新资源、设计能力、生产能力、服务能力进行集成和对接，还可以和社会上的资源和服务进行对接。

服务平台与工业物联网对接，把卖出去的产品的设备状态、操作情况、环境情况进行搜集，将数据上传运维平台进行管理，向用户提供在线监测、故障预计等预测性服务方案，能极大提升企业经营管理能力和竞争优势。

第九节　核心密码9：制造+

传统商店、百货公司相比于现代超市、购物中心的商业形态，二者对制造业的影响力差异显著。深圳华强北的电子一条街采用的"集中供应链"、"前店后厂"的商业模式，其对制造业的拉动远远超过了普通的商品贸易；浙江省在产业集聚的同时，配套了大量的专业商品交易市场，用市场配置资源并快速牵引制造业；而珠三角的企业则充分利用广交会、高交会和各种各样的专业展览会来赢得商业的先机，并促进制造业成长。

据统计，目前浙江年产值在 10～50 亿元之间的中小企业集群有 118 个，年产值在 50～100 亿元的中小企业群落有 26 个，全省装备制造业总产值在 100 亿元以上的块状经济体达 15 个。制造业当中，在国内具有较大影响力和竞争力的产业集群主要有：温州的打火机、鞋业、高压电器、低压电器、阀门，慈溪的小家电、轴承，诸暨的袜业、蚊香，嵊州的领带，织里的童装，海宁的皮革，绍兴的轻纺、纺织机械，永康的五金，宁波的服装、塑料机械、汽配，余姚的塑料、灯具、弹簧、水暖阀门，黄岩的模具，温岭的水泵，桐庐的圆珠笔，台州的工业缝纫机、汽车零部件，等等。

中小企业与特色市场紧密结合，全省共有各类大小不同的专业市场 4300 多个，总交易额近 4000 亿元，比较典型的有义乌小商品城、绍兴轻纺城、海宁皮革城、嵊州领带城、余姚塑料城等。制造企业向专业特色市场源源不断地输送适销对路的产品，而专业市场及时向制造企业提供销售地最新需求信息，由此形成了中小型制造群体和专业化特色市场的产销联合体，并为中小企业创建了一个公平的产品交易平台。（摘自：方志梅，中小企业群体组织创新——虚拟组织的实施，第 9 页，冶金工业出版社。）

在信息时代，制造业可以善用各种各样的商业创新来促进自己充分发展。"制造+"的时代已经来临，制造家们、企业家们，行动吧。

一 +互联网

制造业+互联网，最直接的收益是国际、国内供应链的重构与整合。快递物流、材料采购网站、B2B 交易平台都广泛提升了效率。

+互联网的基础是制造业产业链自身的标准化程度，产业互联网的本质是一种建立在零售基础上的、用互联网方式进行的供应链优化项目。

科通芯城是立足于电子元器件领域的 B2B 电商公司。物联网硬件平台硬蛋是科通芯城扩大中小客户基础的增长点。硬蛋协助硬件创新者与供应链服务商对接，并协助其将新产品推广至目标客户，形成 B2B2C 的平台。

截至 2016 年上半年，硬蛋平台上有智能硬件项目 1.3 万个，基本都是中小客户，贡献 GMVL 达 21 亿元。

而找塑料网则致力于实现集代销代购（自营）、物流配送、金融服务、行情分析、改性塑料 OEM 于一体的全产业链生态闭环。

制造+互联网后，将获得三项能力的倍增：一是全国零售化能力，主要是货物销售在各区域之间的快速协调；二是行业数据获取与处理能力，比如厂家价格、存货数量的分析，物流路径的规划；三是行业一体化协调能力，比如利用互联网来协调物流、仓储和金融服务，寻找相应的工业智能技术。

二 +金融

2016 年，阿里巴巴提供的数据显示，2015 年已有超过 8 万家外贸中小企业受益；近 1 年时间里，阿里巴巴共计为 6 万多家外贸企业贷款融资近 240 亿元。

阿里巴巴只是一个缩影，我国供应链金融市场规模目前已经超过 10 万亿元，预计到 2020 年可达近 20 万亿元。

供应链金融是基于真实的交易背景开展的金融活动，其实质是帮助链内成员盘活流动资产。国内供应链金融业务倾向性为预付类>应收类>存货类。预付类产品改善了核心企业的财务报表，加速了资金回笼，并将企业间的商业信用转换为银行信用，因此更受国内核心企业的青睐。

供应链金融帮助中小企业解决融资难的问题，帮助银行实现差异化竞争、开拓中小企业市场，帮助核心企业提升整个产业链的效率。制造+供应链金融的示意图如下：

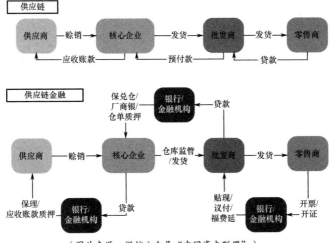

（图片来源：微信公众号"中国资本联盟"。）

在上图中，核心企业可以在供应链资金流规划的过程中充当协调者的角色，通过与上下游间的业务活动调节资金的分布情况。此外，核心企业还可以作为资金的提供者，由于资信水平较高，容易从融资渠道获得低成本的资金，可以为供应链成员尤其是中小企业提供资金。这满足了核心企业产业转型升级的需要，通过金融服务变现其长期积累的专业技术和资源。

"制造+供应链金融"只是诸多 +金融 的一个子领域，还包括投资并购、产业投资基金等。制造业一旦合理地"+金融"，与资本长袖善舞，必将在资本的助力下更快速发展。

第十节 核心密码 10：商业领导力

商业领导力密码，将带领中国制造企业完成登顶的最后一个台阶。

过去关于领导力的衡量、评价和训练，有各种各样的视角和方法，有些观点认为领导力是天生的，无法训练。

对中国制造企业而言，随着规模不断做大，统计数据成为行业第一并不令人意外，但能否真正成为行业的领导者，引领行业的发展，则是另一码事。

我们把企业家领导企业和行业发展的能力，以及企业对行业乃至整个商业界的引领能力合起来，称之为商业领导力。

商业领导力源自强烈的使命分担，具体体现在产品、客户、技术、员工四个层面。

1. 产品层面

商业领导力建立在对产品如何满足客户体验的最深和最细致的理解上，在于对产品本身近乎苛刻的挑剔和完美品质追求。

苹果公司的乔布斯是典型，他不能容忍任何产品瑕疵，基于产品挑战任何团队和个人。苹果公司的产品开发团队，包括设计，必须担负起这种"极致产品"的重大使命，而不仅仅是责任！乔布斯对产品近乎宗教信仰般的执着，造就了他伟大的商业领导力，也成就了苹果。

苹果定义了手机工业的标准，定义了手机的客户需求，也引领着手机产品的最新潮流，三星和华为在手机领域里暂时不具备这样的商业领导力，尽管它们可能在出货数量、CPU 性能、手机外观、电池充电技术等方面超过苹果，但苹果产品背后的软实力非常强大，苹果获得了源自产品的"商业领导力溢价"，从而以 15%的销售量获得了全球手机工业 90%的利润。

2. 客户层面

商业领导力建立在对客户需求最深刻、全面的理解和定制服务之上，建立在如何自觉地把满足客户需求当成使命之上。

青岛红领制衣是理解客户需求和定制服务的典范。2013 年红领制衣将客户服务中心变成实权部门，提高其在公司整个组织架构中的定位，直接面对 C 端客户，采集客户身上 18 个部位、22 个数据，根据这些数据，顾客就可以形成他独有的订单，而红领的客服则准确地定义、传递和管理客户需求。

红领制衣基于对客户需求的精准理解、需求大数据和定制服务，赢得了在服装工业的领导力。它的竞争对手缺乏这样的能力，或者只能跟随它的商业模式。

3. 技术层面

商业领导力建立在对行业核心技术的领先研究与掌握之上，其技术具有引领行业发展、是行业整体发展不可或缺内容的特点。

国家电网承载着国家能源安全使命，在技术方面长期投入，成为培育技术领导力的典范。

国家电网贡献了 28 项全球电网标准，其中"智能电网"和"特高压输电技术"两大国际标准体系的基础技术就来自国家电网公司，是国际标准的主导者。这个地球上电压等级最高的特高压交流和特高压直流输电线路都是国家电网建造的。

全世界只有中国能够倡议搞洲际互联网和全球能源互联网。与超级电网配套的各种核心设备，大部分只有中国才能制造。与此同时，中国更高等级的 500kV 直流断路器在 2017 年初研制成功，领先世界两代。

① 126kV 智能隔离断路器、1000kV 单相升压变压器、1000kV 罐式电容式电压互感器都已在中国电网应用，国外目前最高只有 800kV；

② 世界首支 1100kV/3150A 干式油气套管在中国电网应用；

③ 晋东南–荆门工程示范应用世界首套特高压串补装置；

④ 锦–苏和哈–郑工程示范应用特高压直流换流阀技术；

⑤ 浙江舟山实现了世界首个多端柔性直流输电的工程应用；

⑥ 全球只有中国才能设计制造并且商用±1100kV 换流变压器、换流阀；

⑦ 全球首个投入工程应用的 200kV 高压直流断路器，断开时间仅为 3ms，是眨眼睛时间的 1%。（摘自：知乎，能源、通信、物流：看清中国未来二十年，先读懂三张巨网背后的举国之力，2017 年 2 月 25 日，http://www.360doc.com/content/17/0225/08/39860212_631840027.shtml。）

4. 员工层面

2012 年 8 月，谷歌推出"死后福利"——谷歌员工因意外去世后，其配偶可以在 10 年内继续领取去世员工生前 50% 的薪水。

谷歌没有为医院提供商业搜索服务，相反，它创立了 Calico 生物医药研发中心，花费了数亿美元；2015 年又投资 4.25 亿美元，用以研究人类生命延寿的科学。

产品、客户、技术、员工，无论从哪个层面，商业领导力都是实实在在可以培育、提高和传播的。对于个人，没有天生的领导力，倘若他对产品一无所知，对客户毫不关心，对技术全无兴趣，对员工没有尊重，那么即使他身居高位也不会有领导力，对于企业更是如此。

在信息社会的部落化经营中，领导力常能够与执行力高度统一；在基于"使命分担制"的企业部落里，执行力本身也意味着领导力。

商业领导力会带来"领导力溢价"，帮助企业获得更多利润与回报，帮助企业树立伟大的声誉，传播自己的品牌。

我们希望中国制造企业思考商业领导力，敢为天下先，能够并善于领导所在的细分领域，并在中华传统优秀文化的践行里培育出伟大的商业领导力。

第六章

传 承

唯有精神，生生不息；唯有文化，绵绵不绝。

在产业转型的历史关口，一批又一批中国制造人秉承使命，根本不移，传承不息。

传承优秀工业文明、工业精神，将中国制造做大做强，提升中国制造的软硬实力和世界地位，是历史赋予制造企业和这代制造人的使命。制造企业传承客户价值、品牌、知识和财富，持续不断地创新，提升企业核心竞争力。

注重传承和善于传承，是中华文明自立于世界的密码之一，也是我们对人类社会的默默贡献。

第一节　客户价值传承

北京大学陈春花教授在演讲中曾提到，她去美国最好的饲料公司——联合饲料与总裁做交流对话，问这个企业活了83年最重要的因素是什么？总裁回答说，他有1万用户活了83年，所以企业活了83年。企业成功的背后永远是客户支撑，商业竞争的真正含义是实现客户价值传递和创新。

企业客户价值传承，必须围绕客户需求去打造产品，将价值链转向客户需求驱动型。

精准定义自己的客户价值，识别核心要素，围绕核心要素，匹配企业资源（人、资金、资源），生产符合客户价值的产品，配置资源时，自然进入企业各种组织、流程、作业中，以往的边界会被打破，客户价值转化到每个与产品生产关联的组织、流程、作业中，审视每一环节的价值创造，纠正偏差和提升价值，企业价值链就会被打通。

在一代代产品的推陈出新里，绵绵不绝地传承着客户价值。

第二节　品牌传承

品牌是企业和产品的"名片"，品牌的内涵展现了产品存在的理由、以前和将来的发展方向，也给出了产品的指导原则。品牌传承使过去的产品再展新生命，并延续传统命脉。

德国著名品牌辉柏嘉，从 1761 年制造第一支铅笔开始，几百年来一直引领人类书写的潮流。辉柏嘉的第四代继承人 Lothar von Faber 于 1851 年对铅笔的长度、厚度和铅的硬度作出了标准定义，使辉柏嘉变成一个国际品牌。今天，它的规格已经为全世界同业所接纳，如表明硬度和黑度的 H 和 B。

辉柏嘉会把易折有危险的笔回炉再利用，相信作为社会的一分子，公司负有社会责任。辉柏嘉的木材种植园里每砍下一棵树，就会种一棵新树，它的成功，靠的是企业家精神，还有德国文化的标准主义和精益精神。

制造企业以文化精髓视角审视企业的品牌内涵，将这种品牌内涵融入产品设计和生产，重新构建产品标准，找到自己的品牌溢价。成功的品牌，需要建立在某种人类恒定的价值观或普适情感之上（如爱、善、仁、信等），品牌的传承就是企业价值观和精神的传承。

第三节　知识传承

彼得·德鲁克（Peter F. Drucker）在《新型组织的出现》一文中指出，由于信息技术的发展，未来的典型企业应被称为信息型组织，它以知识为基础，由各种各样的专家小组构成，雇员队伍的重心从体力员工和文案员工迅速转向知识型员工。今天的中国制造企业已不只是生产产品的地方，也成为创造知识的地方，知识通过管理（汇集、整理、归纳、应用、传承）将成为影响企业未来的继动力。

知识管理是在组织中建设一个结构化的知识系统，让组织中的资讯与知识通过获得、创造、分享、整合、记录、存取、更新、创新等过程，不断地回馈到知识系统内，形成永不间断的知识累积循环，包括个人与组织的知识，最终成为组织的智慧循环，成为管理与经营的智慧资本，帮助企业做出正确的决策，应对市场的变化。

比尔·盖茨曾指出："知识管理的目的就是要提高企业的智能，也就是企业智商。"

知识管理需要整体规划，搭建知识架构，创建知识库，对纷杂的知识内容分门别类管理。让每个部门、员工多年积累的知识和经验能够自发地提炼、管理起来，并进行有效地传递及共享，积少成多，聚沙成塔。在分类架构的基础上，还需要有企业知识地图，明晰企业知识分布状况，构建知识权限体系和知识内容流转监控体系，打造学习型组织。

通用电气董事长杰克·韦尔奇说过："一个组织的学习能力和将学习转化为行动的速度，将是它战胜竞争对手最终的关键优势。"

中国中车唐车公司技工苏健采集国内外不同厂家的 14 类、22 种型号的原料管，进行了 4500 多次试验，最终采集到 12000 多个数据，编制了收录 3 万多个数据的《CRH3 数控弯管角度补偿数据库》，开发出世界上第一套制动弯管软件，填补了行业内的一项空白，成功实现了制动管路的国产化批量生产。按照苏健编制的数据进行补偿后的管材弯曲角度，误差控制在 0.1°，远远小于"老师"西门子公司 2°～3°的误差范围。（摘自：中央电视台 2015 年纪录片《大国工匠》。）

第四节　财富传承

一般来说，财富传承首先要解决两个核心问题：传承给谁和怎样传承。

财富传承有些类似于财富分配。公司财富分配给员工、管理者，主要依据契约式的分配，根据合同、制度完成。财富分配和传承的真正难点在于民营企业中家族财富的分配。

家族财富的分配与传承往往涉及不同家族内的成员利益需求，没有明晰的财富分配与传承方案，易引发负面作用，对企业发展与团队也会带来不良影响。家族企业的财富分配与传承方案设计需要高超的智慧，需要根据不同角色，比如参与企业直接管理的、仅需要照扶的家族成员，分别设计，以保证家族企业的有序经营。

财富管理，最终是金融问题，财富做资产配置，在保全的基础上，持续获得风险收益。现有财富的管理方式可以总结为购买保险、设立信托、家族办公室。

保险在财富保全与传承中主要用于提供过渡性资金支持和基本保障，但保险仅限于资金管理，局限性强。

信托作为财富传承手段在欧美发达国家已有成熟的立法环境和广泛的应用。特别是对资产类型多、财富总量大、传承周期长、需要集中延续企业控制权的企业，有着明显的优势。信托财产实现全面的风险隔离，避免了因为财产混同、债权人追索和姻亲夺产等原因造成的财产损失风险，权益分配灵活，且具有高度保密性。但是由于信托关系稳定，对于委托人来说，一旦所有权让渡给受托人，就意味着无法直接支配信托财产，对设立时没有明确规定的问题难以及时调整。信托结构复杂，设计信托架构时需要尽可能考虑全面，设立难度很大。

家族办公室最早发端于 19 世纪的欧洲，一些抓住产业革命机会的大亨将金融专家、法律专家和会计专家集合起来，专门研究管理和保护其家族财富和广泛的商业利益。1882 年，约翰·D. 洛克菲勒建立了世界上第一个家族办公室。家族办公室是家族财富管理的最高形态，借助行业的专业人员能够实施全面的风险管理和结构化企业家的财富，有效分散企业家的职业风险、财富风险、生活方式及积蓄方面的风险等。家族办公室的核心任务是完成家族的价值观代代相传，同时肩负着维护家族利益、确保家族基业长青和实现家族传承的使命。对未来家族财富的科学规划和合理传承，使得家族积累下来的财富、荣耀和精神价值可以代代传递。

财富有灵，传承有道。达则兼济天下，许多人以财富、慈善沟通世界，对接社会公共事务，关怀人类共同命运。

香港的邵逸夫基金于 1973 年成立，确定协助促进教育、医疗和艺术事业的发展宗旨后，迄今在教育和医疗领域捐出过超百亿港元；更在 2002 年创立邵逸夫奖，每年奖励在天文、医学和数学上有卓越成就的学者，被誉为"东方诺贝尔奖"。或许数百年后，今日富豪都已湮没无闻，但邵逸夫的慈善事业仍为人所熟悉。

一 以人为本，量德传承

"遗财为下，遗业为中，遗人为上"，所有物质与精神的传承都需要人来承接。

以血缘关系为基础和以家庭为主要社会组织的社会生活方式铸就了中国特有"家文化"，至今对亲缘关系的重视仍然超越了其他社会关系，家族的信任程度高于社会信任。选择企业接班人时，尤其是家族企业，子承父业是主流模式，方太、万向、格兰仕都是典型；另一种是所有权留给家族，职业经理人接班管理企业，如新希望请陈春花教授作联席董事长和 CEO、李兵担任总裁。

选择"谁"接班企业，不在于方式，而在于传承的内容选择。选择原因不能仅是自己的子嗣，能够理解并坚定地执行公司的核心价值，能让企业持续经营和发展才是关键。IBM 的沃森留给儿子的是著名的"IBM 之道"——"尊重个人、高品质的客户服务、产品精益求精"。

普华永道发布的《2014 年全球家族企业调研报告》显示，中国只有 22%的家族企业规划了接班方略，其中仅有 6%将交接班计划以书面的形式制定出来。这就导致企业在最高管理者交接班过程中产生诸多的矛盾与分歧，在日后接班人的管理中也容易出现诸多问题和风险，比如两代人在人才任用、经营战略、经营理念、资本运作等方面发生分歧。

凡事预则立，不预则废。接班人传承是一项长期而复杂的工程，必须精心计划和细心管理，站在企业层面对制约企业传承的全局性、关键性问题提出解决的整体思路和框架，较快地了解传承实现路径，传承的驾驭力自然就增强，风险就可以大大减少。

内部与外部的人脉资本是企业家的社会资本，包括企业内部员工，特别是与创业元老、业务骨干等形成的泛家族成员的关系，与企业投资经营有联系的各利益相关者的外部社会资本。许多企业家非常注意在交接中要把企业内外部的这两种社会资本传给接班人，对企业的平稳过渡、可持续发展发挥了良好作用。

家族企业所有权想要牢固地掌握在家族成员之手，股权明晰是第一要务。只有股权清晰，公司的财务治理结构、授权、行权才能正常进行。而如果企业所有权和经营权分离，为了防范经理人信用风险，要保持股东对经理人的监督机制以及最终决定权。德国宝马公司由匡特家族创建，家族总计持股逾 60%，日常经营由董事会聘用 CEO 主持，平时家族并不干预，但一旦发生大事则"股权效应"立即激发。

解决股权问题，必然伴随着职业经理人有效激励方案。企业应建立有效的职业经理制度，为企业提供人才基础。富有远见的企业家对于职业经理人的考核通常不会局限于业绩指标，而是尽量设法避免职业经理人追求短线业绩，损伤企业的长久发展能力。一些企业家往往通过使命分担、股权分享和绩效激励，将经理人和企业的目标使命协调一致，将原本的被动执行转化成自觉、自发的主动执行。

二 使命让基业长青

"道德传家，十代以上，耕读传家次之，诗书传家又次之，富贵传家，不过三代"。北山愚公说："汝心之固，固不可彻，曾不若遗孀弱子。虽我之死，有子存焉；子又生孙，孙又生子；子又有子，子又有孙；子子孙孙无穷匮也，而山不加增，何苦而不平？"愚公传承事业之道，不正是中国企业基业长青的精神指引吗？上下同欲者胜，企业要想可持续发展，核心应根植于人内心的使命，企业的目标和员工的愿景相一致，成为自觉行动的准绳。

浙江方太集团在企业传承中秉承强烈的企业使命感与社会责任感。方太的愿景是成为一家伟大的企业。创始人茅理翔确定了三品合一（人品、企品、产品）的核心价值观和经营理念。产品必须要精，产品必须让客户满意，产品必须感动客户；企业要有卓越的管理，要有优秀的文化，要有强大的实力；必须要人品好，包括企业家人品和全体员工的人品。方太的经营哲学是用企业文化把"家"的概念和现代管理融合。这种对自己清晰地定位，执著于使命传承的经营理念，是让基业长青的法宝。

"以人为本，量德传承"，这个"德"，既是德行，也是能够承接企业使命的表里一致的担当和能够完成使命传承的才干，厚德载物，生生不息。方太以自己的理想和践行，揭开了传承的密码。

我们都是龙的传人。中国制造，承托着古老文明的底蕴和百年的荣辱兴衰，承载着民族复兴的梦想，路漫漫其修远兮；中国制造，穿越时空，风尘仆仆里不失慷慨豪迈，百川入海；中国制造，聚天地之精华，浓缩民族的远见与智慧，乘风破浪，云帆沧海。

后　记

本书完稿之际，险资举牌中国制造业的首轮高潮刚刚退却，资本相中的恰恰是中国制造中的优质资产。在经历了许多惊心动魄的大起大落后，越来越多的朋友开始认识到中国制造的重要性，知道制造业选择低调，选择平实，选择含蓄，是因为它大、它深、它厚、它重，它是整个中国经济的梁柱和基石，承载着中国崛起与复兴的历史使命。

中国制造，可歌、可泣，可敬、可畏，可爱、可亲，秉承中国梦想，引领洪荒之力。

你和我，本是中国制造；中国制造，本是你我共同的初心和使命。

筚路蓝缕，峥嵘岁月，创业多艰，希望本书的"六大结构"和"十大密码"能给企业家和所有热爱中国制造的朋友们以启发。

个人、家庭、社会、国家、人类，乃是我们的使命之寄托，多少创业者，多少奋斗者，以自觉的使命担当和艰苦奋斗赢得了精神与财富的双重丰收，由规律必然王国走向自由王国。

本书提炼的"使命分担制"管理思想、理念和方法，源自中华传统文化，源自近现代以来一代代中国人为国家独立、富强和工业化、现代化而艰苦奋斗的创业历程，源自当代中国的优秀企业成功实践，希望能真正助力每一位正在为使命而奋斗的人。

使命，助中国制造腾飞；中国制造，智胜！

陈晓贫

2017 年 4 月 11 日于北京